Leni Behrendt – Wo die dunklen Föhren stehn

Leni Behrendt

Wo die dunklen Föhren stehn

Roman

Deutscher Literatur-Verlag Hamburg
Otto Melchert

DLV-Taschenbuch Nr. 115

2. Auflage
© Deutscher Literatur-Verlag Otto Melchert, Hamburg 70
Umschlag: Brown D 172/83/Fischer
Gesamtherstellung: Elsnerdruck, Berlin
Printed in Germany 1990
ISB N 3-87152-115-9

> Wo die dunklen Föhren steh'n,
> wo die schmucken Herden geh'n,
> da bin ich zu Haus ...

Frühlingsstürme durchbrausten das Land. Rücksichtslos fegte der übermütige Gesell alles hinweg, was sein erbitterter Gegner, der rauhe Winter, zurückgelassen hatte. Schüttelte die Bäume, so daß die welken Blätter, die hie und da noch an den Ästen hingen, nur so stoben. Riß das Eis der Seen und Flüsse auseinander, bis es krachend barst, von dem hochflutenden Wasser erfaßt und in Schollen weggespült wurde. Schmolz den letzten Schnee von Äckern und Wiesen, bis er sich auflöste und in Rinnsalen davonrieselte.

Huuuuiiii – ! – orgelte und pfiff es in den Lüften wie Hohngelächter, so daß es den Menschen, die sich draußen aufhielten, angst und bange wurde. So auch denen, die einer Toten das letzte Geleit gegeben hatten. Eilig strebten sie von dem Grabe fort, mit scheuem Blick das junge Mädchen streifend, das an der Seite eines älteren Herrn stand und sich von der trostlosen Stätte nicht trennen zu können schien. In dem blassen Gesicht zuckte verhaltener Schmerz, die vom Weinen verschwollenen Augen schauten hilfesuchend den Mann an, der voll Erbarmen den Arm um die Schulter des blutjungen Menschenkindes legte.

»Komm, mein Kind«, sagte er gütig. »Du kannst dich ja kaum auf den Beinen halten bei dem tobenden Sturm. Du mußt dich damit trösten, daß die Tote ein so hohes Alter erreichte.«

»Ach, Onkel Alfred, laß doch die Phrasen«, winkte sie müde ab. »Ob alt oder jung – es ist der gleiche Schmerz, wenn ein geliebter Mensch dahingeht wie meine Großtante Cordula. Dazu so plötzlich und ungeahnt, daß es mir nicht einmal vergönnt war, Abschied von ihr zu nehmen. Nun sage nur noch, daß sie einen schönen Tod hatte.«

»Tu ich auch«, entgegnete er mit nachsichtigem Lächeln. »Und du wirst mir recht geben, sofern der erste wütende Schmerz vorüber ist. Ich würde dir raten, jetzt nicht in das leere Lindenhaus zurückzukehren, sondern nach Föhrengrund zu fahren, eine Schlaftablette zu nehmen und somit erst einmal hinwegschlummern über Trübsal und Pein.«

»Das werde ich auch. Denn offen gestanden habe ich ein wahres Grauen davor, die Räume aufzusuchen, wo vor einigen Tagen noch Tante Cordula –«

Sie schluckte an den aufsteigenden Tränen und hastete zu dem Auto hin, dessen Schlag der Chauffeur öffnete. Als sie Platz genommen hatte, streckte sie durch das geöffnete Fenster dem zurückbleibenden Begleiter die Hand hin –

»Auf Wiedersehn.«

»Auf Wiedersehn, mein Kind. Wird es dir möglich sein, morgen schon bei mir zu erscheinen?«

»Wegen des Testaments?« fragte sie schmerzlich berührt dagegen.

»Ja. Du müßtest allerdings deinen Vormund mitbringen.«

»Gut, wir kommen. Hab' herzlichen Dank für deine gütige Unterstützung während der letzten aufregenden Tage, lieber Onkel Alfred.«

»Das war nur selbstverständlich, Gundis. Du weißt ja, wie sehr ich meine alte Freundin Cordula verehrte. Ihr plötzlicher Tod macht mir Kummer genug, das kannst du mir schon glauben. Also bis morgen denn, mein Kleines. Laß das Köpfchen nicht gar zu sehr hängen.«

Ein warmer Händedruck wurde getauscht, dann fuhr das Auto an. Und während es rasch dahinglitt, gab Gundis Haiden sich ihren Gedanken hin, die sich von der trostlosen Gegenwart lösten und in die Vergangenheit zurückschweiften.

Da war zuerst einmal ihre Mutter, eine geborene Freiin von Suderwang. Deren Vater, ein aktiver Offizier, war schon nicht mehr jung, als er heiratete. Sechs Jahre dauerte die Ehe, dann starb die Gattin, ein fünfjähriges Töchterchen zurücklassend. Wiederum zwei Jahre später verliebte sich der Witwer rettungslos in die schöne Baroneß Diederlitz, und da sie bettelarm war, nahm die Zwanzigjährige den Fünfundfünfzigjährigen, nur um standesgemäß versorgt zu sein. Trotzdem wurde die Ehe gut, die jedoch nur vier Jahre währte, weil der Oberst von dem Höchsten abgerufen wurde.

Somit war die elfjährige Tessa von Suderwang ganz verwaist und ihrer jungen Stiefmutter auf Gnade und Ungnade ausgeliefert. Allein, die schöne Beatrice behandelte das Kind nicht schlecht, brachte es sogar in die Ehe mit, die sie nach Ablauf des Trauerjahres mit dem Grafen Hagelungen auf Föhrengrund schloß. Und dieses Bündnis war eine ausgesprochene Liebesheirat von beiden Seiten.

Daher hätten die Glücklichen es wohl verstehen müssen, als ihre Stieftochter Tessa mit zweiundzwanzig Jahren den Mann zu heiraten wünschte, den sie von ganzem Herzen liebte. Aber er war Administrator einer Domäne, dazu bürgerlicher Herkunft – und das genügte dem gräflichen Paar für seine Stieftochter nicht.

Doch dieser genügte es vollkommen. Mit einer bewundernswerten Beharrlichkeit setzte sie sich über alle Proteste hinweg, ehelichte den Mann ihrer Wahl und wurde unsagbar glücklich. Die kleine Gundis, die nach einem knappen Jahr auf der Bildfläche erschien, beglückte nicht nur das Elternpaar, sondern auch die Verwandten, mit denen man herzlichen Umgang pflegte. Dazu gehörte der ältere Bruder des strahlenden jungen Vaters, Oberförster Haiden nebst Gattin, deren Ehe leider kinderlos blieb, ferner Tante Cordula, eine Schwester von Tessas Vater. Dieses alte Fräulein besaß unweit der Domäne ein ländliches Anwesen, worauf die resolute Dame segensreich wirkte.

Und in dem Lindenhaus, das so genannt wurde, weil uralte, prächtige Linden es wie treue Wächter umstanden, lernte Tessa von Suderwang auch den Liebsten, Felix Haiden, kennen, der die Bewohnerin des Lindenhauses außerordentlich schätzte und sich öfter einmal zu einem gemütlichen Plausch in der harmonischen Häuslichkeit einfand. Auch die alte Dame war dem Administrator zugetan und konnte es sehr wohl verstehen, daß das Herz ihres Bruderkindes Tessa dem schneidigen und herzensguten Mann sofort zuflog.

Und Tante Cordula war es auch, die der Nichte das Rückgrat steifte, als dieser von den Stiefeltern Schwierigkeiten gemacht wurden.

»Laß dich nur nicht irremachen, mein Kind«, sagte die alte Dame grimmig, als Tessa sie ins Vertrauen zog. »Wenn du deinen Felix liebst, dann heirate ihn, selbst den hochnäsigen Herrschaften zum Trotz. Damit es dir nicht so geht wie mir, die ich nicht stark genug war, die Hindernisse aus dem Wege zu räumen, die die liebe Verwandtschaft zwischen mir und dem Mann meines Herzens errichtete – nur weil er kein von vor seinem Namen aufweisen konnte und auch kein Krösus war. Und da ich keinen andern mochte, so wurde ich eine alte Jungfer.«

So weit kam Gundis Haiden mit ihren Gedanken, als das Auto vor dem Portal des Föhrengrunder Schlosses hielt, das zu einer Zeit erbaut war, als man nüchterne Sachlichkeit noch nicht kannte. Wo es noch keine Rekordarbeit gab, sondern in Ruhe Stein zu Stein gefügt wurde und wirklich kunstverständige Menschen ihr Bestes hergaben, um etwas Schönes, Erhabenes zu schaffen.

Auf das junge Schloßfräulein machte der feudale Bau, der auch innen viel Wertvolles und Kostbares barg, allerdings keinen erschütternden Eindruck mehr, weil es an die Pracht gewöhnt war. Es hatte keinen Blick für die prunkvolle Halle, huschte achtlos über die schwellenden Läufer der breiten, gewundenen Treppe und betrat oben ein trauliches Wohngemach, dem sich ein allerliebstes Schlafzimmer anschloß. Dorthin lenkte Gundis ihre Schritte, schluckte eine Tablette, kleidete sich hastig aus und schlüpfte unter die hellseidene Daunendecke. Schmiegte sich in das weiche, spitzenumsäumte Kissen und fühlte sich unter dem duftigen Betthimmel so geborgen wie nirgends sonst.

Nur schlafen – nicht mehr denken müssen – auch nicht mehr weinen.

Und während die Tablette sie langsam einlullte, zog ihr Leben kaleidoskopartig bunt und schillernd durch ihre schon leicht benebelten Gedanken. Sie sah sich als Kind, gehätschelt und geliebt von den Eltern, von Tante Gerta, Onkel Fritz,

Großtante Cordula und dem besten Freund des Vaters, Justizrat Eiwer nebst seiner Gattin, die alle einen Platz in ihrem zärtlichen Kinderherzchen einnahmen. Sie sah sich durch das große Gutshaus tollen, durch das gemütliche Forsthaus, das traute Lindenhaus, ein herziger kleiner Kobold, ausgelassen und voll Drolerie. Nur wenn sie einige Male im Jahr an der Hand der Mutter ins Föhrengrunder Schloß ging, war sie von einer musterhaften Artigkeit. Aber nur, weil die ganze Umgebung sie bedrückte, die drei Bewohner ihr eine unüberwindliche Scheu einflößten. Selbst der Sohn des Hauses, der doch nur zehn Jahre mehr zählte als sie. Artig gratulierte sie zu den Geburtstagen oder wünschte frohes Fest zu Weihnachten, Neujahr, Ostern und Pfingsten. Dann saß sie in dem Sessel wie angewachsen und antwortete schüchtern, wenn sie gefragt wurde.

Und diese sieben Besuche im Jahr, die unbedingt sein mußten, wie die Mutter immer wieder ernst betonte, waren die einzigen Schatten, die auf ihr Kinderleben fielen. Sonst ging es dahin, gleich einem sonnigen, glücksdurchwehten Traum.

Bis dann die Sonne plötzlich wich –

Ein Laut flatterte auf, der wie das letzte Schluchzen eines müdegeweinten Kindes klang. Dann nichts mehr, nur das ruhige Atmen des schlafenden Mädchens. So fest war der Schlaf, daß die Schlummernde nicht den tobenden Sturm draußen wahrnahm, auch nicht das Klappern der Jalousien an den Fenstern. Sanft und süß schlief Gundis Haiden über den Schmerz hinweg, den der Tod der geliebten Großtante ihr gebracht.

*

Am nächsten Morgen erschien Gundis mit zehn Minuten Verspätung am Frühstückstisch, was ihr eine Rüge der Hausherrin eintrug. Es klang recht mißbilligend, als diese sagte:

»Ich bitte mir mehr Pünktlichkeit aus, mein Kind.«

»Verzeih, Tante Beatrice, es soll nicht wieder vorkommen.«

Damit war die Angelegenheit erledigt. Denn man liebte es in diesem Hause nicht, einem Menschen lange Vorhaltungen zu machen, geschweige denn, ihn wegen eines Vergehens gar zu schelten. So etwas hätte sich in dieser vornehmen Atmosphäre auch sonderbar ausgenommen. Hier hatte man beherrscht zu sein, sich eines höflichen, wohlerzogenen Benehmens zu befleißigen, das war erstes Hausgesetz. Außerdem konnte man auch gar nicht anders sein in diesem exquisiten Kreis. Denn Gräfin Beatrice, die Seele vom Ganzen, gehörte zu den Menschen, die so vornehm wirkten, daß man sich in ihrer Gegenwart einfach artig benehmen mußte. Jünger aussehend, als ihre fünfundfünfzig Jahre bedingten, war sie immer noch schön, wunderbar gepflegt und stets mit ausgesuchter Eleganz gekleidet. Gleichfalls Graf Konrad, der Senior der Familie, ein distinguierter Herr mit angegrauten Schläfen und jugendlich aufrechter Haltung. Der junge Graf Argulf von hoher Gestalt, rassigem, hartgeschnittenem Antlitz, blondhaarig und blauäugig, seine Gattin, eine hochblonde Schönheit, sehr mondän, sehr fesch, sehr von sich eingenommen. Immer und überall die erste Rolle spielen wollend, sich überall Liebkind machend – auch wenn es über eine geschickte Intrige hinweg auf anderer Leute Kosten ging.

Und unter diesen vier Hagelungen saß die junge Gundis Haiden, die man mit bezaubernd bezeichnen konnte. Goldbraunes Haar umflirrte in zwanglosem Lockengewirr das überaus feine Gesichtchen, das zwei überraschend große, leuchtendblaue Augen wundersam belebten. Der hochmütige Ausdruck störte nicht darin, sondern gab im Gegenteil dem grazilen Persönchen einen gewissen Charme.

Heute allerdings war das sonst so blühende Antlitz blaß, die Augen blickten trübe und matt. Das schwarze Kleid gab dem blutjungen Menschenkind etwas Rührendes, was jedoch unbemerkt blieb. Man wußte natürlich, warum Gundis das düstere Gewand trug, aber man erwähnte den Tod der achtundachtzigjährigen Cordula von Suderwang mit keinem Wort. Man war wohl der Ansicht, daß man einem so hochbetagten Menschen nicht nachzutrauern brauchte, wenn er endlich von hinnen schied. Und hätte die junge Gundis sie eines andern belehrt, wären sie wohl erstaunt gewesen und hätten sie gar der Überschwenglichkeit bezichtigt.

Also versuchte das Mädchen erst gar nicht, hier Verständnis zu finden, sondern behielt seinen Kummer für sich. Verhielt sich schweigsam und sprach erst, als eine Pause in der Unterhaltung der andern eintrat:

»Ich möchte dich bitten, Onkel Konrad, mich heute zu Justizrat Eiwer zu begleiten. Er möchte das Testament meiner verstorbenen Großtante verlesen, wozu deine Gegenwart als mein Vormund erforderlich ist.«

»Muß das unbedingt heute sein?« fragte er unangenehm berührt.

»Ja, der Notar bat darum.«

»Dann wollen wir gleich aufbrechen, weil ich um zwölf Uhr eine landwirtschaftliche Besprechung habe. Halte dich in zehn Minuten bereit.«

Gundis war pünktlich zur Stelle und nahm im Auto neben dem Vormund Platz. Er war verstimmt, wie sie an seinem ganzen Gebaren merkte und blieb es auch, nachdem der Notar das Testament verlesen hatte, das Gundis Haiden zur Besitzerin eines schuldenfreien Anwesens und einer annehmbaren Summe baren Geldes machte. Als alle Formalitäten erledigt waren, gratulierte der Notar der jungen Erbin, die mit tränenerstickter Stimme sagte:

»Freuen kann ich mich darüber nicht, Onkel Alfred. Denn was nützt mir das alles ohne meine liebe Tante Cordula?«

»Nicht sentimental werden, Gundis«, räusperte sich der Graf. »Du weißt, das liebe ich nicht. Die Dame ist immerhin achtundachtzig Jahre alt geworden – und einmal muß der Mensch doch schließlich sterben. Sie hätte besser getan, ihre Hinterlassenschaft einem Menschen zugute kommen zu lassen, der ihrer nötiger bedarf als du, die du in Föhrengrund alles hast, was du zum Leben brauchst. Wollen wir uns verabschieden, meine Zeit ist knapp bemessen.«

»Der Mensch hat vielleicht ein Gemüt«, brummte Eiwer vor sich hin, als er allein war. »Wenn ich nur könnte wie ich wollte, dann würde ich dich aus dem feudalen Schloß herausholen, in dem du mit deinem zärtlichen Herzchen unter den kaltschnäuzigen Menschen frieren mußt, meine arme kleine Gundis. Daß deine prachtvollen Eltern so früh dahingehen mußten, ist einfach eine Niedertracht des Schicksals. Wozu das überhaupt?«

Ja – wozu. Das hatten auch andere Menschen gefragt, als vor fünf Jahren das Ehepaar Haiden auf so tragische Weise ums Leben kam. Und zwar durch die Schuld eines betrunkenen Kraftfahrers, der beim Überholen mit unheimlicher Geschwindigkeit seinen mit Ziegeln beladenen Laster in das Fuhrwerk hineinsteuerte, auf dem der Administrator Haiden mit seiner Gattin saß. Menschen und Pferde waren auf der Stelle tot.

Das gab nun einen grenzenlosen Jammer bei der kleinen Gundis. Wie sollte ein dreizehnjähriges Kind auch begreifen, daß die geliebten Eltern, die es vor einer Stunde noch lachend vor sich gesehen, plötzlich für immer verschwunden sein konnten? Unter den vielen Menschen, die dem unsagbar traurigen Begräbnis beiwohnten, war auch nicht einer, dem sich nicht beim Anblick des kleinen Waisleins das Herz vor Jammer zusammenzog. Wer würde sich seiner annehmen?

Nun, das wollten drei Personen. Oberförster Haiden, Cordula von Suderwang und Graf Hagelungen auf Föhrengrund. Letzterer trug nach einem erbitterten Streit den Sieg davon. Wie er das angestellt hatte, blieb allen seinen Gegnern ein Rätsel. Tatsache war, daß er vom Vormundschaftsgericht zum Vormund der verwaisten Gundis Haiden ernannt wurde und diese nach Föhrengrund nahm. Das Geld, das der Verkauf der hinterlassenen Habe, die Auszahlung der Lebens- und Haftpflichtversicherung einbrachte, wurde nebst dem kleinen Vermögen, das der Administrator ersparte, mündelsicher angelegt, und der Graf verpflichtete sich, für die Erziehung seines Mündels persönlich aufzukommen.

Das tat er auch in vorbildlicher Weise. Wie ein eigenes Kind wurde Gundis Haiden gehalten. Lyzeumsbildung bis zur mittleren Reife, ein Jahr Pensionat in Deutschland, eines in der Schweiz, elegante Kleidung, ein mehr als ausreichendes Taschengeld, so wuchs sie wie ein Kind vermögender Eltern auf.

Und Liebe, durch die sie sehr verwöhnt war, brauchte sie auch nicht zu missen. Zwar wurde ihr diese im Föhrengrunder

Schloß nicht zuteil, um so mehr jedoch im Forsthaus, im Lindenhaus und in der Stadtwohnung des Justizrats Eiwer, wo sie sich aufhalten durfte, soviel sie wollte. Allein, als ihr Zuhause hatte sie Föhrengrund zu betrachten, das verlangte Graf Hagelungen nebst Gattin ohne jeden Kommentar. Und warum auch nicht? Man tat ihr dort gewiß nichts zuleide.

Nachdem Gundis über den Schmerz, den ihr der Verlust der Eltern gebracht, hinweg war, brach ihr frohes Naturell wieder durch. Unbekümmert lebte sie dahin, bis der Tode ihres Onkels, des Oberförsters Haiden, wieder Herzweh schuf. Und nun noch der Tod der vielgeliebten Großtante Cordula, das war schon Leides genug für ein achtzehnjähriges Menschenkind.

Dazu gab es noch etwas, das das Leben der jungen Gundis, seit sie aus dem Pensionat nach Föhrengrund zurückgekehrt war, verbitterte. Doch darüber sprach sie zu niemand, trug es allein für sich.

Justizrat Eiwer sollte der erste sein, der davon erfuhr. Denn zwei Wochen nach der Testamentseröffnung platzte Gundis in das Amtszimmer des vielbeschäftigten Herrn, warf sich in den nächsten Sessel, drückte das Gesicht in die Seitenlehne und weinte. Zutiefst erschrocken sprang der Mann auf.

»Mädchen, was ist dir denn geschehen –?!«

Keine Antwort, nur verzweifeltes Schluchzen, das dann langsam abebbte. Sie richtete sich hoch, wischte die letzten Tränen fort, schneuzte sich energisch und legte los:

»Verzeih, Onkel Alfred, aber das mußte sein. Mir ist jetzt bedeutend wohler. Das sage ich dir, da mache ich nicht länger mit. Willst du mir helfen?«

»Wobei denn, Gundis?«

»Ach so, das mußt du allerdings erst wissen. Mein Leben kennst du ja, also brauche ich keine Einleitung zu geben. Mir ging es ja auch immer gut in dem exklusiven Kreis, in den man mich nur aufnahm, weil ich doch nun einmal das Kind der Tessa von Suderwang bin, an dem man gutmachen will, was man der Mutter schuldig blieb. Zärtlichkeit gab man mir zwar nicht, aber alles andere in verschwenderischem Maße. Man schien mich sogar ganz gern zu haben – bis Graf Argulf vor einem halben Jahr heiratete. Ich hatte damals gerade mein zweites Pensionatsjahr hinter mir und kehrte für ständig nach Föhrengrund zurück. Was ich der jungen Gräfin angetan habe, entzieht sich meiner Kenntnis. Tatsache jedoch ist, daß sie mich vom ersten Augenblick unseres Kennenlernens mit ihrer Abneigung beehrte. Sie behandelte mich gehässig, suchte mich zu demütigen, wo sie nur konnte und warf mir immer wieder höhnisch meinen bürgerlichen Vater vor. Wohlweislich immer nur unter vier Augen, in Gegenwart anderer ließ sie mich in Ruhe. Daß sie hinter meinem Rücken ihren Mann und seine Eltern in ganz raffinierter Weise gegen mich aufhetzte, darauf kam ich allerdings nicht. Ich merkte nur, daß man so nach und nach Fehler an mir zu entdecken begann, die ich gar nicht besitze. Das heißt, nur das ältere gräfliche Paar tat es, denn Graf Argulf in seiner Arroganz hat mich von jeher als Luft betrachtet. Ich glaube, der nimmt mir meinen bürgerlichen Vater am meisten übel.

Man hat mich in Föhrengrund wohl nie als vollwertig betrachtet, ließ mich jedoch immerhin noch einigermaßen gelten. In letzter Zeit jedoch behandelt man mich als minderwertig. Meine Erzieher fanden plötzlich allerlei an mir auszusetzen, was natürlich meinen Trotz weckte, der mir von meiner Mutter her arg im Blut liegt. Ich zog mich immer mehr in mich selbst zurück, blieb selbst bei dem ungerechtfertigsten Tadel gleichgültig und unberührt. Mochten sie doch reden, was sie wollten, sie hatten ihre Freude daran, und mir tat es nicht weh.

Was sich aber gestern zutrug, das war denn doch der Gipfel aller Demütigungen, die ich bisher erfuhr. Und zwar durch die junge Gräfin Lolith. Wie schon vorhin erwähnt, duckte sie mich, wenn wir allein waren, wo und wie sie nur konnte. Sie durfte sich das ungestraft erlauben, weil sie genau wußte, daß ich, wenn ich mich bei ihren Angehörigen beklagen sollte, kein Gehör finden würde. Dazu hat diese scheinheilige Kanaille – entschuldige den krassen Ausdruck, Onkel Alfred, aber er stimmt – schon viel zu gut vorgearbeitet. Denn man ist ja nur zu leicht geneigt, nichts Gutes bei mir zu vermuten und das als Erbteil väterlicherseits anzusehen.

Sollte ich mich da etwa in die Nesseln setzen, indem ich die

Herrschaften über den wahren Charakter der jungen Herrin vom Föhrengrund aufzuklären versuchte? Diese Kühnheit wäre mir wahrscheinlich schlecht bekommen. Man hätte mich bestimmt bösartiger Verleumdung bezichtigt.

Gestern rückte nun wieder einmal Loliths Zofe aus, die dritte im halben Jahr. Und so stellte denn diese unverfrorene Person mir unter vier Augen das Ansinnen, Zofendienst bei ihr zu verrichten. Da ging mir denn doch sozusagen der Hut hoch, zumal mir noch höhnisch bedeutet wurde, daß ich im Schloß nichts weiter als ein ›Um-Gottes-willen-Kind‹ und sie die Herrin wäre.

Nun, auch ein Wurm krümmt sich, wenn man ihn tritt. Also wehrte auch ich mich. Blieb nicht still, hauptsächlich da nicht, als sie mir Größenwahn vorwarf, in den meine ›lumpige Erbschaft‹ mich versetzt hätte. Schließlich schlug sie mir in ihrer Wut so brutal ins Gesicht, daß mir das Blut aus der Nase strömte. So blutbesudelt wie ich war, eilte ich ins Wohnzimmer, wo das gräfliche Paar mit seinem Sohn saß. Erzählte wahrheitsgetreu den skandalösen Vorfall – und siehe da, man glaubte mir nicht. Hielt das verlogene Märchen für wahr, das ihnen die hochgeborene junge Gräfin, die mir natürlich gefolgt war, unter Krokodilstränen auftischte.

Und dann bekam ich vom Senior der Familie mein Sündenregister aufgezogen. Was sollte ich bloß nicht alles sein: aufsässig, verlogen, verstockt, intrigant, niederträchtig, leichtfertig und gar mannstoll, wobei sich der vornehme Herr Graf allerdings gewählter ausdrückte. Es hätte nur noch gefehlt, daß ich stehle und morde, dann wäre das Bild aller menschlichen Schlechtigkeit vollkommen gewesen.

Sollte ich mich da etwa verteidigen? Und wenn ich es mit tausend Zungen getan hätte, so wäre es doch ungeglaubt geblieben.

Also ging ich stumm davon und schloß mich in meinem Zimmer ein. Man versuchte, mich mit allerlei Drohungen herauszubekommen, allein, ich blieb stur wie ein Steinbock. Heute gelang es mir nun, ungesehen zu entwischen, zu dir zu eilen – und jetzt mußt du mir helfen, Onkel Alfred.«

»Und wie ich dir helfen werde«, entgegnete der Mann, der

in wachsender Empörung dem Bericht gelauscht, grimmig. »Und zwar sofort. Ich werde den Herrschaften schon beibringen, daß ich nicht ungeahndet das Kleinod meines Freundes Haiden und den Abgott meiner alten Freundin Cordula peinigen lasse. Mögen sie mit dieser abgezogenen Katze meinetwegen Götzendienst treiben – aber ohne dich. Wie bist du hergekommen?«

»Mit dem Milchwagen.«

»Also werden wir gleich in meinem Auto nach Föhrengrund fahren.«

Als sie es erreicht hatten, bat der Anwalt seine junge Begleiterin, nach ihrem Zimmer zu gehen und dort zu warten. Er selbst ließ sich durch den Diener bei dem Grafen melden, der ihn sofort im Beisein der Familie empfing. Nachdem der Notar Platz genommen hatte, begann er ohne Umschweife:

»Ich komme in einer Angelegenheit, die Gundis Haiden betrifft. Sie war bei mir, um Hilfe zu suchen.«

»Wogegen denn, wenn ich wissen dürfte?«

»Gegen unwürdige Behandlung.«

Dem Hausherrn stieg die Zornesröte ins Gesicht, doch er beherrschte sich eisern. Als die Gattin sprechen wollte, gebot er kurz:

»Bitte, Beatrice, halte dich aus der Debatte. Ihr auch, Lolith und Argulf. Und Sie bitte ich, Herr Doktor Eiwer, Ihre Beschuldigung zu motivieren.«

»Gewiß, Herr Graf. Ich kenne Gundis Haiden vom ersten Tag ihres Lebens an, da ich der beste Freund ihres Vaters war und in seinem Hause aus- und einging. Er sowie seine Frau waren prächtige Menschen, die ihr Kind wie ein Kleinod hüteten und hegten. In einer Umgebung voll Sonne und Harmonie wuchs die Kleine auf, selbst wie ein lichter Sonnenstrahl voll bezaubernder Anmut und Süße. Es gab auch nicht einen Menschen, der im Hause des Administrators verkehrte, der nicht von seinem Töchterlein entzückt war. Und das machte nicht die Schönheit des Kindes allein, sondern auch sein liebenswerter Charakter.

Auch später, als die Eltern tot waren, sah ich Gundis Haiden oft genug, um mich von ihrer körperlichen sowie seelischen

Entwicklung überzeugen zu können. Allein die beiden Jahre, da sie in Pensionaten weilte, verlor ich sie aus den Augen. Aber aus den Briefen, die sie mir schrieb, konnte ich ersehen, daß sie einen wertvollen Kern in sich trägt. Und daher bestreite ich ganz entschieden, daß sie aufsässig, verstockt, verlogen, intrigant, niederträchtig, leichtfertig oder gar – hinter Männern her ist. Und wenn sie es zehnmal wäre, so hat keine Person das Recht, ein achtzehnjähriges Mädchen zu mißhandeln, daß Blut aus der Nase strömt – selbst dann nicht, wenn es nur ein – ›Um-Gottes-willen-Kind‹ wäre.«

Nach diesen eisigen Worten war es zunächst einmal beklemmend still. Die Hausherrin schaute konsterniert drein, die Schwiegertochter höhnisch, der Sohn gelangweilt. Und dann die kurze, scharfe Frage des Seniors:

»Worauf wollen Sie hinaus, Herr Justizrat?«

»Ich möchte Ihnen einen Vorschlag machen, Herr Graf. Da die Herrschaften nun mal von der Schlechtigkeit Fräulein Haidens überzeugt sind, kann es Ihnen nicht zugemutet werden, ein so entartetes Geschöpf in Ihrem Kreis zu dulden. So wäre es am besten, sich von ihm loszusagen. Gundis Haiden kann dann ins Lindenhaus übersiedeln. Und da sie in ihren jungen Jahren noch eine mütterliche Beschützerin braucht, so wird die verwitwete Oberförstersgattin, Frau Gerta Haiden, mit tausend Freuden bereit sein, fortan bei der Nichte zu wohnen und diese zu betreuen. Ferner verpflichte ich mich, über Fräulein Haiden väterlich zu wachen. Ich bin auch willens, die Vormundschaft, falls Herr Graf diese niederzulegen wünschen, zu übernehmen.«

»Die Vormundschaft behalte ich!« peitschte nun die Stimme Konrad Hagelungens auf. »Zwar waren Sie der Freund des verstorbenen Herrn Haiden, meine Frau jedoch war die Stiefmutter dessen Gattin. Das scheinen Sie wohl vergessen zu haben, Herr Doktor Eiwer.«

Die Blicke der beiden Männer kreuzten sich wie scharfe Klingen, der Kampf begann, hart auf hart.

»Ich habe nichts vergessen, Herr Graf Hagelungen – gar nichts. Am wenigsten die gestrige Begebenheit hier, die ich aus dem Mund eines mit Wort und Tat mißhandelten Menschenkindes erfuhr.«

»Gundis Haiden lügt!«

Langsam erhob sich der Anwalt, und auch der Graf sprang auf. Wie zwei erbitterte Feinde standen sie sich gegenüber. Und dann klirrte die Stimme des Notars hart wie Eisen auf:

»Beim Andenken meines Freundes Felix Haiden schwöre ich, daß ich beim Vormundschaftsgericht vorstellig werde, falls Sie nicht freiwillig nachgeben, Herr Graf.«

»Um Gottes willen, Konrad, so bleibe doch ruhig –!« zog Frau Beatrice den Gatten an den Händen zu sich, um so zu verhüten, daß er davon Gebrauch machte. »Gundis ist es ja gar nicht wert, daß ein so erbitterter Streit um sie ausbricht. Wir haben ihr die beste Erziehung zuteil werden lassen, haben über sie gewacht, wie über unser eigenes Kind. Das wird selbst der Herr Justizrat zugeben müssen.«

»Na schön.« Der Herr Graf ließ sich in seinen Sessel zurücksinken, und auch sein Gegenüber nahm wieder Platz. Ersterer rief durch ein Klingelzeichen den Diener herbei, der beordert wurde:

»Das gnädige Fräulein soll unverzüglich hier erscheinen.«

Schon einige Minuten später stand Gundis Haiden da. Ehe sie eine Frage stellen konnte, tat es bereits der Vormund knapp und sachlich:

»Du willst fort von hier?«

»Ja, Onkel Konrad.«

»Warum?«

»Weil ich merke, daß ich euch im Wege bin – allerdings erst seit einem halben Jahr.«

»Und vorher?«

»War man freundlich zu mir.«

»Und kannst du dir nicht denken, warum sich das gewandelt hat?«

Die blauen Augen sahen furchtlos zu dem Frager hin, der Kopf flog in den Nacken.

»Nein, das kann ich mir nicht denken, weil ich nichts tat, was diese demütigende Behandlung gerechtfertigt hätte.«

Wie unbeabsichtigt ging ihr Blick zu Lolith hin, in deren Augen es haßerfüllt aufblitzte. Den Bruchteil einer Sekunde nur, doch deutlich genug, um von den anderen wahrgenommen zu werden. Eine lähmende Stille setzte ein, die dann der Senior der Familie brach.

»Erledigt –«, erklärte er mit schroffer Handbewegung. »Wenn du durchaus von uns fortstrebst, werden wir dich gewiß nicht halten. Also gehe ich auf den Vorschlag des Herrn Justizrates ein und erkläre folgendes: Du siedelst ins Lindenhaus über und nimmst als mütterlichen Schutz deine Tante, Frau Gerta Haiden, zu dir. Du wirst monatlich eine bestimmte Summe erhalten, die groß genug ist, deinen Lebensunterhalt davon bestreiten zu können. Einen Tag in der Woche jedoch mußt du dich stets in unserem Kreis hier aufhalten, das gebiete ich dir. Du bekommst ein kleines Auto, mit dem es dir möglich sein wird, die kurze Strecke vom Lindenhaus bis zum Föhrengrund zu jeder Zeit rasch zurückzulegen. Dein Vormund bleibe ich und werde nach wie vor über dich wachen. Bist du mit allem einverstanden?«

»Ja, Onkel Konrad. Welchen Tag in der Woche bestimmst du für mein Hiersein?«

»Der Tag ist mir gleich. Und nun mach, daß du mir vorläufig aus den Augen kommst, du undankbares Geschöpf.«

Das ließ Gundis sich nicht zweimal sagen. Aufatmend schmiegte sie ihre Hand unter den Arm des Justizrats, der zu ihr trat und schüttelte sich draußen wie ein begossener Pudel –

»Huch, das war ein Abschied wie aus einer Eiswüste, Onkel Alfred. Geh bitte schon zum Auto und warte darin, bis ich die nötigsten Sachen zusammengepackt habe. Es wird sehr rasch gehen.«

»Immer nur zu, mein Kleines, ich warte gern.«

*

Gundis Haiden drückte in einem großen Mietshaus den Knopf an der Etagentür, die sich gleich darauf öffnete und in ihrem Rahmen eine Dame mittleren Alters sichtbar werden ließ.

»Gundis – du –? Und gleich mit einem Koffer?«

»Wohl mir, daß dem so ist, Tante Gerta. Ich habe dir so

manches zu erzählen.«

»Da bin ich aber neugierig. Komm rasch weiter.«

»Wo ist Petra?« fragte das Mädchen, als es in dem behaglichen Wohngemach Platz genommen hatte.

»Zum Geburtstagskaffee einer Schulfreundin. Und nun erzähle.«

Mit atemloser Spannung hörte sie dann auf der Nichte Bericht. Dann aber machte sie ihrer Empörung Luft.

»Na, so eine Gemeinheit –! Scheint ja ein nettes Herzchen zu sein, die Gräfin Lolith. Recht so, mein Kind, daß du nicht auch noch die letzte und gröbste Unverschämtheit stillschweigend hinnahmst. Schon längst hättest du mich von allem unterrichten müssen.«

»Wozu, Tante Gerta? Du hättest mir ja doch nicht helfen können. Allein die Erbschaft kann es, für die ich mein liebes Cordulchen noch über das Grab hinaus segne. Wenn das Vermächtnis nicht wäre, hätte auch Onkel Alfred trotz aller Energie, mit der er für mich eintrat, bei meinem Vormund nichts ausrichten können. Du ziehst doch zu mir, Tante Gertchen?«

»Mit tausend Freuden, mein liebes Kind! Was meinst du wohl, wie froh ich bin, aus diesem Steinkasten, in dem ich mich als Försterkind und spätere Försterfrau auch noch nicht eine Minute richtig wohl fühlte, herauszukommen. Doch was wird aus Petra?«

»Das ist aber mal eine komische Frage. Die zieht natürlich mit ins Lindenhaus, zumal sie jetzt mit der Schule fertig ist.«

»Sie muß aber in die Lehre, Gundis.«

»Zuerst wird sie einmal nach dem Schulzwang ihre Freiheit genießen. Und dann kommt Zeit, kommt Rat.«

»Und meine Möbel hier?«

»Die nimmst du mit, damit du dich in deinem neuen Zuhause gleich heimisch fühlst. Raum ist ja genug in dem großen Kasten. Wir wollen zusehen, daß wir Ostern schon im Lindenhaus feiern können.«

»Und diese Wohnung?«

»Für die wird sich bestimmt bald ein Interessent finden. Wenn nicht, dann bezahlst du eben so lange die Miete, bis die

Kündigungsfrist abgelaufen ist.«

»Also bereits ein fix und fertiger Plan, der mir jedoch gut eingeht. Und Petra erst –«

Wie auf ein Stichwort trat die Genannte ins Zimmer. Ein reizender Backfisch von sechzehn Jahren, mit Augen wie schillerndes Perlmutt, von langen, dunklen Wimpern umsäumt, aschblondes Wuschelhaar, ein allerliebstes Stupsnäschen. Die Gestalt noch etwas unfertig, doch zierlich und mittelgroß. Dazu gut von Herz und Gemüt, leicht zu lenken und immer zum Lachen bereit.

Frau Gerta, die kinderlos war, hatte die Kleine schon gern gemocht, als ihre Mutter, die auf der gleichen Etage gewohnt, noch lebte. Sie nähte für Fremde, eine zarte, verhärmte Frau, deren Mann sie skrupellos im Stich ließ, als sich ihm die Gelegenheit bot, die Chefin der Fabrik, in der er als Chemiker arbeitete, zu heiraten. Das damals dreijährige Kind trat er nach der Scheidung großmütig der Mutter ab, verpflichtete sich schriftlich, es ihr vollständig zu überlassen. Die hintergangene Frau verzichtete auf den »Judaslohn«, wie sie die gesetzliche Unterhaltspflicht in ihrer Verbitterung nannte, plagte sich lieber ab, um ihren und des Kindes Lebensunterhalt zu verdienen.

Elf Jahre später zog sie sich eine böse Erkältung zu, die zum Tode führte. Und da sie wußte, wie gern ihre Nachbarin die kleine Petra hatte, mußte sie der Sterbenden in die erkaltende Hand versprechen, sich des nunmehr vierzehnjährigen Mädchens anzunehmen. Pekuniäre Belastung erwuchs ihr daraus nicht, weil das ersparte Geld der nimmermüden Näherin ausreichte, um Petra nach beendeter Schulzeit auch noch eine gute Berufsausbildung zu ermöglichen.

So kam Frau Gerta Haiden zu einem Töchterchen, das sie herzlich liebte und das an ihr mit rührender Liebe hing. Sie wehrte der Kleinen nicht, als diese, nachdem der erste Jammer um die Verstorbene vorüber war, ihr den Mutternamen gab.

Daß der Vater eines Tages auftauchen und Ansprüche auf seine Tochter machen würde, darüber brauchte Frau Gerta nicht in Sorge zu sein. Denn als Justizrat Eiwer, den sie zu Rate zog, den Fabrikbesitzer von dem Ableben seiner geschiedenen Gattin in Kenntnis setzte und gleichzeitig mitteilte, daß Frau Haiden die kleine Petra als Pflegetöchterchen unter ihre Obhut genommen hätte, kam die Antwort, daß die bereitwillige Dame mit dem Mädchen glücklich werden möge. Er hätte aus seiner zweiten Ehe bereits vier Kinder, die ihm vollkommen genügten. Diese Herzlosigkeit empörte selbst die Gerichtsherren, die nun alles dransetzten, dem Rabenvater die Vormundschaft zu nehmen und die Pflegemutter damit zu betrauen.

Das alles blieb Petra unbekannt. Sie wußte nichts anderes, als daß ihr Vater tot wäre. Und sollte sie es doch einmal erfahren, daß er noch lebte und wie gewissenlos er an ihr handeln konnte, dann würde sie sich bestimmt voller Verachtung von ihm wenden.

Momentan jedoch strahlte sie über das ganze Gesicht, als sie Gundis Haiden, die sie schwärmerisch liebte, so unerwartet zu Hause vorfand – und jubelte vor Freude, als sie hörte, daß man in allernächster Zeit nach dem Lindenhaus übersiedeln würde.

»O Mutti, dann brauche ich am Ende gar nicht die Handelsschule zu besuchen?« forschte sie aufgeregt und senkte verlegen den Kopf, als Frau Gerta fragte:

»War dir der Gedanke denn so schrecklich, mein Kind?«

»Sehr. Aber ich habe mir nichts anmerken lassen, weil ich dir keine Sorge machen wollte.«

»Wie töricht, Petra. Zu welchem Beruf hättest du denn Lust?«

»Wo ich herumwirbeln kann und nicht den ganzen Tag festgenagelt sitzen muß.«

»Das harmlose Vergnügen sollst du haben«, lachte die Mutter. »Denn im Lindenhaus stehst du sozusagen mit der Natur auf Du und Du.«

Es war aber auch herrlich in dem weiten Haus, welches so versteckt in einem großen Garten stand, daß von der Chaussee, die hart an dem Grundstück vorbeiführte, nur der Giebel sichtbar ward.

Die beiden Mädchen eiferten mit Frau Gerta um die Wette, sich so gemütlich wie möglich einzurichten. Sie steckten damit sogar Justinchen an, die schon zwanzig Jahre im Lindenhaus als Wirtschafterin lebte, sowie ihr Mann als Faktotum. Und genauso, wie die beiden Menschen ihrer alten Herrin treu gedient, so waren sie von Herzen bereit, es bei der jungen gleichfalls zu tun.

Fast täglicher Gast war Justizrat Eiwer, der seine schon lange kränkelnde Frau vor einem guten Jahr an den Tod verlor. Seine beiden Söhne wohnten mit ihren Familien so weit entfernt, daß man nicht oft zusammenkommen konnte. Also lebte Eiwer allein in seiner Wohnung, von einer Wirtschafterin gut betreut.

Aber einsam fühlte er sich schon und stellte sich daher im Lindenhaus ein, sobald es nur seine Zeit erlaubte. Man zählte ihn bereits zur Familie.

Als man nach der vollkommenen Einrichtung gemütlich beim Nachmittagskaffee saß, sagte Gundis seufzend:

»Eigentlich müßte ich morgen zum Pflichttag nach Föhrengrund, denn eine Woche ist bereits um. Kannst du mir nicht sagen, wie ich mich davor drücken könnte, Onkel Alfred?«

»Nichts einfacher als das, mein Mädchen. Du gehst an den Fernsprecher, entschuldigst dich mit Arbeit und so weiter. Dann ist der Form Genüge getan.«

»Daß man manchmal nicht auf die einfachsten Dinge kommt«, sprang sie lachend hoch, eilte zum Tischchen, auf dem der Apparat stand, wählte die Nummer und sprach gleich darauf:

»Bist du's, Argulf? Woran ich dich erkenne? An der Stimme natürlich. Sag doch bitte deinem Vater, daß ich diesmal nicht zum Pflichttag . . . lach nicht so arrogant, das ist die richtige Bezeichnung dafür. Also sag ihm, daß ich keine Zeit habe, weil ich mit der Einrichtung meines neuen Heims zu stark beschäftigt bin. Nächste Woche, gleich nach Ostern, werde ich pflichtschuldigst antreten. Nicht so wichtig, meinst du? Um so besser für mich. Gehab dich wohl. Ende.«

»So, das wäre erledigt«, trat sie an den Kaffeetisch zurück. »Jetzt wird mir der Kuchen erst schmecken, nachdem ich die leidige Angelegenheit hinter mir habe.«

»So waren der junge Graf wohl sehr gnädig?« erkundigte

Eiwer sich, und sie schnitt eine Grimasse.

»Dazu ist er viel zu phlegmatisch. Der besitzt weder Herz noch Gemüt, sondern nur Arroganz und sturen Gleichmut. Ihn freut nichts, ihn reut nichts. Er lebt nur seinem herrischen Willen und zwingt ihn andern auf, ohne sich dabei aufzuregen. Sagt man ja, sagt er in aller Gelassenheit nein. Meint man weiß, meint er ironisch lächelnd schwarz.«

»Und seine Frau?«

»Die muß sich ihm fügen. Tut sie es nicht, läßt er sie einfach links liegen.«

»Und wie benahm er sich dir gegenüber?« fragte die Tante, und sie lachte –

»Gar nicht. Ich glaube, er hat mich überhaupt noch nicht mit Bewußtsein wahrgenommen. Wolltest du ihn fragen, wie ich aussehe, würde er bedauernd die Achseln zucken und höflich erwidern: ›Das weiß ich wirklich nicht, gnädige Frau.‹«

»Na, so ein Aff!« platzte Petra heraus, was ihr einen mißbilligenden Blick Frau Gertas eintrug. Das Gesichtchen lief rot an.

»Sei nicht böse, Mutti«, brummelte sie halb verlegen, halb aufsässig. »Ich habe nun einmal eine Antipathie gegen den Grafen.«

»Du kennst ihn doch gar nicht.«

»Doch, ich kenne ihn vom Sehen, gleichfalls seine Eltern und seine Frau. Übrigens begegnete ich ihm gestern in der Stadt in Begleitung einer Dame. Wahrscheinlich ist das sein Verhältnis.«

»Nun hört euch bloß das Küken an!« lachte die Mutter herzlich gleich den andern. »Mein liebes Kind, mit so einer verbotenen Angelegenheit spaziert man nicht am hellichten Tag durch die Straßen der Stadt. Da sucht man sich die Dunkelheit und verschwiegene Winkel dafür aus. – Was schmunzelt man darüber?«

»Darüber, wie rasch aus Kindern Leute werden.«

*

Graf Hagelungen hatte sein Versprechen gehalten und

Gundis ein Auto zukommen lassen. Er brachte es ihr zwar nicht persönlich, sondern suchte es nur aus und beauftragte die Firma, es der Eigentümerin zuzustellen, was auch prompt geschah. Jedenfalls stand eines Tages der kleine schmucke Wagen vor der Tür des Lindenhauses, und nachdem Gundis sich von ihrer Überraschung erholt hatte, brach die Freude hervor. Da sie den Führerschein bereits besaß und schon öfter einmal das kleine Föhrengrunder Auto, das man neben dem großen hielt, gesteuert hatte, konnte, nachdem die Formalitäten auf den Behörden erledigt waren, die erste Fahrt im eigenen Wagen starten. Glückselig saß Petra neben dem Führersitz, während Frau Gerta es sich im Fond bequem machte. Jetzt brauchte man sich nicht mehr den Kopf darüber zu zerbrechen, wie man auch bei schlechtem Wetter den vier Kilometer langen Weg zur Stadt zurücklegen sollte. Denn nun stand ihnen das schmucke Fahrzeug jederzeit zur Verfügung.

Heute nun fuhr Gundis allein dem Föhrengrund zu. Er lag acht Kilometer von ihrem Wohnsitz entfernt, dazu noch an der gleichen Chaussee. Wollte man vom Föhrengrund zur Stadt, mußte man an dem Garten des Lindenhauses vorbei.

Die Luft war fast sommerlich warm, neues Grün sprießte an allen Ecken und Enden. Man hatte es sogar gewagt, das Vieh auf die Weide zu bringen, das nun eifrig das zarte, saftige Gras zupfte. Überall spürte man den Frühling.

Vergnügt ein Liedlein vor sich hinsummend, zuckelte Gundis gemächlich dahin. Ihr war so froh, so leicht zumute, wie schon seit vier Wochen nicht mehr, da man Tante Cordula zu Grabe trug. Der erste Schmerz ebbte ab, die Wunde begann zu vernarben. Und wenn doch noch hie und da Blutstropfen hervorsickern wollten, fand Gundis Trost an dem Spruch, den die Greisin sich auf ihrem Grabstein gewünscht:

Wer im Gedächtnis seiner Lieben lebt, der ist nicht tot, der ist nur fern. Tot ist nur, wer vergessen wird.

Und wie sollte Gundis die Tote je vergessen, in deren Räumen sie lebte. Die noch den Geist der Verstorbenen ausströmten, ihre Güte, ihre Lebensweisheit, ihren unverwüstlichen Humor. Schlaf wohl, du Liebe, Gute, vergessen wirst du nie –

Hoppla! – fast hätte Gundis mit ihrem Wagen einen andern gerammt. Das kam vom Grübeln. Wenn man am Steuer sitzt, soll man sich nur darauf konzentrieren. Jawohl, sollte fortan geschehen.

Wohl einen Kilometer weit ging es nun durch dichtbestandenen, herrlichen Nadelwald. Dann lenkte Gundis in eine Allee ein, und was sich nun ihren Augen bot, mutete an wie eine Fata Morgana. Denn mitten im Walde, zwischen Nadelgehölz, lag im Talkessel das Rittergut Föhrengrund, rundum von dunklen Föhren umsäumt. Wie einer Spielzeugschachtel entnommen, muteten die schmucken Häuser mit ihren Ziegeldächern an. Aus den Schornsteinen stieg heller Rauch kerzengerade zu dem klarblauen Himmel empor. Die Fensterscheiben blitzten golden auf im Sonnenschein. Grüne Fluren, auf denen das Vieh graste, die aufgehende Saat des Getreides schimmerte wie weicher Samt. Zwischendurch schwarzbraune, durch den Pflug gelockerte Erde, die bereits gesteckte Hackfrüchte in ihrem Schoß trug. Das Wasser des Flusses blinkte auf, wie hoheitsvolle Wächter säumten Silberpappeln die Ufer.

Und in der Mitte dieser lieblichen Enklave umgrenzte ein weiter Park das Schloß, dessen Giebel blendend weiß durch die alten Bäume schimmerte. Auf dem Turm flatterte lustig die Hausfahne derer von Hagelungen.

Es ist wie ein Märchen – dachte Gundis, die den Wagen abgestoppt hatte und trunkenen Blickes auf das wunderherrliche Bild schaute. Wie kommt es nur, daß mich das alles jetzt erst gefangennimmt, was ich schon so oft im Vorüberfahren im Auto oder vom Sattel aus gesehen habe? Föhrengrund ist ja ein kleines Paradies. Es muß ein Glück ohnegleichen sein, dieses herrliche Stückchen Erde sein nennen zu dürfen, das Ahn und Urahn aus diesem einst von Föhren bestandenen, mageren Sandboden schufen, in unverdrossener Arbeit und heißem Mühen.

Aber waren die jetzigen Besitzer vom Föhrengrund auch wirklich glücklich? Diese Frage konnte Gundis sich nicht beantworten. Wohl waren die Hagelungen stolz und aufrecht, vornehm in ihrem Aussehen und ihrem Handeln. Aber glücklich – so tief aus Herzensgrund glücklich –?

Glückliche Menschen stellte Gundis sich eigentlich anders vor. Strahlend froh, allzeit lachend, sogar ein wenig übermütig – und das waren die drei Hagelungen alles nicht. Lolith rechnete sie erst gar nicht zu ihnen. Sie erschien ihr in der Familie fremd und ihrer unwürdig.

Warum der Graf sie geheiratet haben mochte? Reich war sie von Hause aus nicht. Und schön? Nun, über Geschmack soll man nicht streiten. Und gut? Schon gar nicht. Blieb also nur die vornehme Abstammung – aber die auch nur dem Namen nach. Als Mensch nämlich – nun, Kommentar überflüssig.

Nach diesem Schlußstrich brachte sie den Wagen wieder in Gang und fuhr langsam den Weg weiter, der allmählich abstieg und ständig nach links kurvte. Sicher lenkte sie durch das geöffnete Tor und hielt dann vor dem Schloß, das prächtige Anlagen vom Wirtschaftshof trennten. Sie winkte dem Chauffeur, der vor der Garage den großen Wagen wusch. Bald darauf stand er strahlend über das ganze Gesicht vor ihr.

»Ergebensten Diener, gnädiges Fräulein. Eigener Wagen?«

»Jawohl, Berchter.«

»Fesche Karre, dazu nagelneu, ganz prima! Bleiben gnädiges Fräulein länger?«

»Bis morgen. Bringen Sie bitte den Wagen in der Garage unter.«

»Wird gemacht. Wie ein Lieblingskind will ich ihn hegen.«

Damit setzte er sich ans Steuer und flitzte ab, während Gundis die Freitreppe emporstieg und an der schweren, kunstvoll gearbeiteten Portaltür die Glocke zog. Der Diener öffnete, und Gundis lachte ihn an.

»Da bin ich wieder, Lorenz.«

»Wie schön, gnädiges Fräulein. Die Herrschaft sitzt beim Mittagsmahl.«

»Also habe ich mich verspätet. Nun, den Kopf wird's nicht kosten.«

O nein, den kostete es nicht. Im Gegenteil, man lächelte sogar, als man des bezaubernden Geschöpfes, das wie ein lachender Maimorgen in der Tür stand, ansichtig wurde.

»Guten Appetit! Ich erscheine wohl zu einer nicht ganz

passenden Zeit, worum ich um Entschuldigung bitte.«

»Komm, nimm Platz«, unterbrach die Hausherrin sie freundlich. »Lorenz bringt bereits ein Gedeck.«

»Danke für gütige Nachsicht, Tante Beatrice.«

Sie nahm ihren gewohnten Platz ein und lachte alle der Reihe nach an. Schien die Sonne draußen nicht goldener, jubilierten die Vögel, deren Zwitschern man durch die weitgeöffnete Terrassentür hören konnte, nicht freudetrunkener? Wahrscheinlich. Denn plötzlich war alles strahlend hell, licht und froh. Goldlichter tanzten über das Haar der jungen Gundis, Sonnenschein schien sich in den großen, leuchtenden Augen verfangen zu haben. Wie ein holdes Bild saß sie da in ihrem duftigen Kleid.

Denn Schwarz hatte sie nur drei Tage noch nach dem Begräbnis der Großtante Cordula getragen, weil sie wußte, daß diese düstere Kleidung nie leiden mochte.

»Man soll mit dem Herzen trauern«, war ihre Ansicht gewesen. »Wallende Schleier sind aber noch lange kein Herz. Wer um einen Toten trauern will, tut es auch in einem buntkarierten Gewand. Laßt euch nur nicht einfallen, euch nach meinem Tod in Düsternis zu hüllen. So was war mir von jeher zuwider.«

Nun, buntkariert war das Gewand, das Gundis trug, nun gerade nicht, aber auch nicht düster. Keine mondäne Toilette, sondern ein reizendes Frühjahrskleidchen, das ihr vorzüglich stand und sogar dem gestrengen Vormund gefiel.

»Nettes Kleid, das du da trägst, Gundis. Neu?«

»Ja, Tante Gerta suchte es mir aus.«

»Hm, die Dame scheint Geschmack zu haben. Bist du in deinem Wagen hergekommen?«

»Ja, Onkel Konrad. Ich danke dir für die Freude, die du mir mit dem schmucken Auto gemacht hast.«

»Ich habe es von deinem Geld gekauft«, winkte er kurz ab. »Also gebührt mir kein Dank.«

Die Hausherrin hob die Tafel auf, und Gundis verzog sich in ihr Wohnzimmer, in dem sie sich geborgen fühlte. Hier und in dem nebenanliegenden Gemach hatte sie ein Plätzchen, das ihr allein gehörte, wo sie machen konnte, wozu sie Lust verspürte. Ob sie hier lachte oder weinte, sich freute oder härmte, blieb vor den andern geheim.

Eigentlich lächerlich, daß sie vierundzwanzig Stunden so ungenutzt vertrödeln mußte – und das zweiundfünfzig Mal im Jahr. Na, die Zeit bis zu ihrer Volljährigkeit würde ja auch vorübergehen, und dann konnte ihr der ganze Föhrengrund gestohlen bleiben, so wunderherrlich er an sich auch war.

Sie trat auf den Altan und schaute hinunter in den Park, ohne eine Ahnung davon zu haben, daß auf der unten gelegenen Terrasse das gräfliche Paar nebst Sohn auf Liegestühlen ruhte und sich von der Sonne bescheinen ließ. Angesichts der gepflegten, samtnen Rasenflächen, der bunten Blumen, die auf den Beeten blühten, überhaupt der ganzen prangenden Natur, die sich langsam zum Empfang des sonnigen Wunderknaben Mai schmückte, breitete das Mädchen weit die Arme aus wie ein herzfröhlich Vöglein seine Flügel und jubilierte in die Weite: »Warum blühen denn die Rosen so rot, wenn sie ungepflückt verwelken, warum schuf den Wein der liebe Gott, wenn er ungetrunken bleibt –«

Schade, daß dieser frischfröhliche Gesang unterbrochen wurde. Denn jetzt sprach die eben noch so jauchzende Stimme gar nicht liebenswürdig:

»Du hier, Lolith? Wünschst du etwas von mir?«

»Gewiß wünsche ich etwas«, gab die junge Gräfin Antwort, die im Rahmen der geöffneten Tür stand, die zum Altan führte, während Gundis mit dem Rücken an dessen Gitter lehnte. »Und zwar wünsche ich, daß du nicht wie blöd in die Gegend schreist. Denn singen kann man das beim besten Willen nicht nennen.«

»Ach, sieh mal an«, kniff das Mädchen die Augen zusammen und besah sich so sein Gegenüber angelegentlich. »Aber wenn du quiekst wie ein junger Hund, dem man auf den Schwanz tritt, das ist Gesang, nicht wahr?«

»Ich verfüge über einen bezaubernden Sopran, das hat mir bisher noch jeder gesagt.«

»Ach du meine Güte, müssen das alles komische Menschen mit unempfindlichem Trommelfell gewesen sein –«

»Hör auf, du boshaftes Geschöpf –!« schrillte »der bezaubernde Sopran« dazwischen. »Du bist ja in den beiden Wochen, da du dich unter den Plebejern aufhieltest, noch frecher und anmaßender geworden!«

»So bin ich erstaunt, daß du ›Hochgeborene‹ meine Gesellschaft suchst«, kam es in aufreizender Ruhe zurück. »Begib dich zu deinesgleichen und laß mich gefälligst in Ruhe, bevor ich zu Maßnahmen gezwungen bin, die dir nicht genehm sein dürften. Ich bin jetzt nämlich nicht mehr das ›Um-Gottes-willen-Kind‹, als das du mich oft zu bezeichnen beliebtest, sondern ein Mensch, der unabhängig von euch hier ist.«

»Diese Unabhängigkeit wird dir dein Vormund schon austreiben«, höhnte ihr Gegenüber. »Ein Wort von mir, und du bleibst ständig im Schloß.«

»Ich glaube gern, daß du durch deine niederträchtigen Einflüsterungen dazu imstande bist, die Deinen gegen mich aufzuhetzen. Aber strenge mal dein Hirn, von dem du herzlich wenig zu besitzen scheinst, etwas an. Vielleicht kommst du dann dahinter, daß du dir keinen Gefallen damit tust, wenn du mich zum ständigen Bleiben hier verdammst. Warum hetzt du denn die Deinen gegen mich auf? Doch nur, weil du Angst hast, daß das Geld, das man an mich verschwendet, dir verlorengehen könnte, die du mit deinem Nadelgeld nie auskommst und hinter dem Rücken deines Mannes Schulden machst. Sieh mich nur so entgeistert an. Ich weiß schon seit einiger Zeit darum, habe jedoch von meinem Wissen keinen Gebrauch gemacht, weil ich erstens jede Angeberei schmutzig finde und zweitens, weil mich das nichts angeht. Meinetwegen magst du herrlich und in Freuden leben, ich gönne es dir von ganzem Herzen. Den einen Tag in der Woche, den hier zu sein ich gezwungen bin, bringe ich schon herum, ohne dir im Wege zu sein. Und wenn du mich dennoch mit deiner Niedertracht verfolgst, so werde ich mich wehren. Ich mache dich darauf aufmerksam, daß jedes Wort, mit dem man mich beleidigt, jedes Tun, mit dem man mich demütigt, an meine Tante und den Justizrat Eiwer weitergegeben wird, der deine Scheinheiligkeit schon längst durchschaute. Und wenn es um mich geht, dann verstehen die sonst so friedfertigen Menschen keinen Spaß und werden mich zu schützen wissen. Es sind zwar

Plebejer, meine vornehme Frau Gräfin, so wie ich es ja auch in deinen Augen bin, aber der Stamm ihres Baumes hat nachweislich nur gute, gesunde Reiser getragen. Kein einziges so morsches Reis, wie du es bist – trotz deines hochtrabenden Namens.

Und nun befreie mich von deiner Gegenwart. Sei gewiß, daß ich dir alles Glück auf Erden wünsche – nur mit dir zu tun will ich nichts haben.

Ach, du magst nicht? Also weiche ich vor dir und werde fortan meine Zimmertür verschließen, um vor unliebsamen Überfällen sicher zu sein.«

Sie ging an der wie erstarrt stehenden Lolith vorbei, durchquerte das Zimmer, trat auf den breiten Gang hinaus und lachte sich ins Fäustchen.

Ganz durch Zufall war Gundis dahintergekommen, daß Lolith Schulden machte, um ihrer Putzsucht zu genügen. Und zwar, als sie vor einer Woche in ein Geschäft ging, um verschiedene Sachen einzukaufen. Es war ein gutes Geschäft, das elegante Ware führte und daher nicht ganz billig sein konnte.

Nachdem Gundis ihre Wahl getroffen hatte und am Packtisch stand, um das Päckchen in Empfang zu nehmen, sah sie den Chef des Unternehmens auf sich zukommen. Sie merkte, daß er sie sprechen wollte und ging ihm entgegen.

»Guten Tag, Herr Holling, wie geht's Geschäft?«

»Danke, gnädiges Fräulein, ich kann nicht klagen. Es freut mich, daß Sie nach wie vor bei mir kaufen, während Ihre Verwandte, die junge Gräfin, vor einem Vierteljahr zur Konkurrenz gegangen ist. Das geht mich nichts an, und ich dränge mich auch nicht auf, weil ich das bei meiner erstklassigen Ware nicht nötig habe. Mir sind die vornehmsten Kunden sicher. Aber daß die Frau Gräfin nur zu mir kam, um Schulden zu machen und mir auf meine schriftliche Mahnung hin mehr als unhöflich antwortete, sich mein ›unverschämtes Auftreten‹ verbat, das empört mich. Nun möchte ich das gnädige Fräulein fragen, wie ich mich weiter verhalten soll.«

»Ist es viel Geld, das die Gräfin bei Ihnen ausstehen hat?«

»Genau weiß ich es nicht, aber um die zweitausend Mark

sind es bestimmt.«

»Das ist ja nun eine heikle Sache, in die ich mich nicht stecken mag, weil sie mir als Petzerei ausgelegt werden könnte.«

»Das verlange ich ja auch gar nicht, gnädiges Fräulein. Bitte um Entschuldigung –«

»Das macht mir nichts aus, Herr Holling. Wenn ich Ihnen einen guten Rat geben darf, unternehmen Sie vorläufig nichts, sondern warten Sie ab, ehe Sie strenge Maßnahmen ergreifen. Die Gräfin wird sich schon bequemen, ihre Schulden bei Ihnen zu begleichen.«

Sie reichte dem würdigen Herrn freundlich die Hand, nahm am Packtisch ihr Päckchen in Empfang und verließ das Geschäft, vom Chef höflich zur Tür geleitet.

So, meine liebe Lolith – dachte sie vergnügt, als sie die Straße entlang schritt. Jetzt habe ich etwas, womit ich deiner Impertinenz ein Dämpferchen aufsetzen kann. Schade, daß ich um deine Schuldenmacherei nicht schon früher wußte, dann hättest du mich nicht so ungestraft schikanieren dürfen.

*

Das nächste Mal erschien Gundis zu dem »Pflichttag« hoch zu Roß. Es war kurz nach dem Mittagessen, und sie fand die Familie Hagelungen, wie stets um diese Zeit und bei schönem Wetter, auf der Terrasse in den Liegestühlen. Sporenklirrend trat sie näher. Wie angegossen saßen die Stiefelchen, die Reithose und die kurze Jacke, wo zwischen den Revers die weiße Bluse sichtbar wurde. Der Kopf war unbedeckt.

»Guten Tag, da bin ich«, grüßte sie fröhlich. »Da staunt ihr, mich so zu sehen, nicht wahr? Seit drei Tagen erfreue ich mich nämlich an meinem eigenen Purrpurrchen, das der Justizrat aus dem Nachlaß einer Klientin übernehmen mußte. Und da er nicht wußte, was er damit anfangen sollte, schenkte er es mir.«

»Ich würde mir von einem fremden Herrn kein Pferd schenken lassen«, stichelte Lolith, und Gundis lachte sie aus.

»Mein guter Onkel Alfred und mir fremd, da würde er wohl ordentlich verblüfft sein, wenn er so was hörte. Der kennt mich vom ersten Tag meiner Geburt an und ich ihn, solange ich überhaupt denken kann. Außerdem bin ich sein Patenkind. Es ist dir doch recht, Onkel Konrad, daß mein Pferd im Stall Unterkunft findet, wenn es hier ist?«

»Sonderbar, meine liebe Gundis, mich danach zu fragen, nachdem du mich bereits vor die vollendete Tatsache gestellt hast. Dieses Mal mag deine Eigenmächtigkeit noch so vorübergehen, aber in Zukunft bitte ich mir aus, daß du mich vorher in Kenntnis setzt, falls du an deiner Lebensweise irgend etwas zu ändern gedenkst. Du hast mich doch verstanden?«

»Ja, Onkel Konrad«, tat sie ganz gehorsam, während ihre Haltung auszudrücken schien: Du kannst lange reden – ich tu ja doch, was ich will. Kein Wunder, daß der Unwillen des Vormunds noch zunahm.

»Du bist ein unerhört keckes Ding, Gundis!«

»Aber warum denn, Onkel Konrad? Ich hab' jetzt doch nichts verbrochen.«

Was machte er da bloß mit dem Mädchen, das ihn so unschuldig anlachte! Wenn es den Gehorsam verweigerte, dann konnte er energisch durchgreifen. Aber bei diesem strahlenden Gesicht –

»Geh jetzt«, sagte er nervös. »Doch zum Kaffee bist du wieder hier.«

Als Gundis außer Hörweite war, lachte der junge Graf amüsiert auf, was ihm einen mißbilligenden Blick des Vaters eintrug.

»Ich wüßte nicht, was es hier zu lachen gäbe, mein Sohn. Ich finde es gar nicht lächerlich, von so einem raffinierten Gör an der Nase herumgeführt zu werden.«

»Leg doch die Vormundschaft nieder, Papa«, riet Lolith eifrig. »Hast es ja schließlich nicht nötig, dich mit einem so minderwertigen Menschen abzuplagen.«

»Wer plagt sich denn ab, wie?« wurde in einem so schroffen Ton gefragt, wie ihn der Graf seiner Schwiegertochter gegenüber noch nie gehabt. »Ich traue mir immer noch zu, mit einem achtzehnjährigen Mädchen fertigzuwerden.«

»Gewiß, Papa«, tat sie zerknirscht. »Aber schau mal, Gundis geht dich doch eigentlich nichts an.«

»Jetzt hört aber alles auf!« fuhr er unwirsch dazwischen. »Gundis soll mich nichts angehen? Als Kind Tessas, der Stieftochter der Mama? Du scheinst ja einen guten Begriff von der Familienzusammengehörigkeit zu haben. Mein liebes Kind, wir sind moralisch direkt dazu verpflichtet, für Gundis zu sorgen, die genau dasselbe Recht hier zu sein hat wie du. Und ob ich mich über sie ärgere, ist allein meine Angelegenheit.«

»Aber lieber Papa, wie kannst du nur so böse werden«, füllten sich die Augen Loliths mit Tränen, was ihm unangenehm zu sein schien. Er griff zur Zeitung, vertiefte sich darin und war nun für eine Weile nicht mehr zu sprechen. Auch Mutter und Sohn lasen, nur Lolith nicht, die mußte schwarze Gedanken hegen.

Indes gab sich Gundis einer angenehmeren Beschäftigung hin. Sie befand sich in ihrem kleinen Ankleidezimmer und vertauschte den Reitdreß mit einem entzückenden Kleidchen. Der Spiegel warf ein strahlend schönes Bild zurück, das man dann später am Kaffeetisch in natura zu sehen bekam.

»Du hast schon wieder ein neues Kleid?« fragte Lolith entschieden neidisch. »Wo bekommst du bloß das Geld zu deiner reichhaltigen Garderobe her?«

»Von dem üppigen Taschengeld, das mir Onkel Konrad bewilligt«, kam es fröhlich zurück. »Er ist eben ein großzügiger Vormund.«

War das nun Ernst oder Spott? Da sollte ein anderer aus dem Mädchen klug werden! Wie die personifizierte Unbekümmertheit saß es da, ließ sich Kaffee nebst Kuchen gut schmecken und scherte sich den Kuckuck darum, was die anderen von ihm dachten. Gundis Haiden fühlte sich bereits so losgelöst von dieser exquisiten Gesellschaft, daß sie sich als Fremde wähnte. Sie blieb ungerührt von allem, was die vier Menschen anging. Ihre Welt umschloß das Lindenhaus mit seinen Bewohnern. Dort war ihr richtiges Zuhause. Wo sie frohgemut dahinlebte und sich schon auf den nächsten Tag freute, bevor sie am Abend die Augen schloß.

Und wenn es in der Woche sechs frohe Tage für sie gab, dann konnte sie schon einen unangenehmen mit in Kauf nehmen, ohne viel Trara darum zu machen.

So sehr unangenehm war ihr dieser übrigens gar nicht, weil sie jetzt alles mit Gleichmut hinnehmen konnte, was ihr früher das Leben verbitterte. Sie hing ja nun nicht mehr von der Gnade der Menschen hier ab, sondern verfügte sogar über eigenen Besitz. Und das machte sie frei und froh.

*

Wie sehr Gundis Haiden sich von der Familie Hagelungen gelöst hatte, sollte ihr so recht zum Bewußtsein kommen, als sie an einem wunderschönen Maimorgen erwachte. Noch halb vom Schlaf umfangen, blinzelte sie in das Sonnenlicht, von dem das traute Gemach golden durchflutet ward. Sie rekelte sich wohlig in dem weichen Pfühl, gähnte herzhaft, und dann war der Kopf zum Nachdenken klar.

Heute war ihr Pflichttag – na schön. Reiten oder fahren? Ersteres. Das herrliche Sonnenwetter mußte ausgenutzt werden. Es kamen schon noch genug Regentage, wo sie das Auto benutzen mußte.

Also auf in den Kampf! Je früher sie heute nach dem Föhrengrund kam, um so eher konnte sie ihm morgen den Rücken wenden. Genau nach vierundzwanzig Stunden, keine Minute darüber.

Sie sprang aus dem Bett, trat an das geöffnete Fenster und schaute in den Garten hinab, wo Justinchen unter der großen Linde den Tisch, den Gartensessel umstanden, zum Frühstück deckte.

»Guten Morgen, Tinchen!« rief sie lustig. »Du gehst aber forsch vor.«

Die behäbige Frau mit dem rotbackigen Apfelgesicht unter dem wie blank gewichsten Scheitel lachte zu dem Fenster empor, worin das Mädchen lehnte, das sie von klein auf kannte und als »ihr Kindchen« sträflich verwöhnte. Die Gundis, ja, die war nun mal ihres Herzens Abgott wie der ihres Mannes.

»Guten Morgen, mein Kindchen«, antwortete sie vergnügt. »Warum soll ich wohl forsch sein?«

»Weil du den Frühstückstisch im Freien deckst.«

»Na das wäre gelacht! Wo doch das Sonnchen so sommerlich warm scheint, ist das kein Risiko. Die gestrengen Herren haben lange genug gehaust. Jetzt werden wir ihnen zeigen, daß sie endgültig abgewirtschaftet sind. Schließlich zählen wir heute den fünfzehnten Mai.«

»Ach du lieber Himmel!« rief Gundis perplex. »Irrst du dich da auch nicht im Kalender, Justinchen?«

»Das wäre ja noch schöner!« entrüstete die Brave sich. »Wo einer in der Küche hängt, dessen Zahlen so groß wie Ochsenköpfe sind, die werde ich doch wohl noch lesen können –

Aber du scheinst auf dem Mond zu leben«, setzte sie lachend hinzu, griff nach dem leeren Tablett und eilte ins Haus, während Gundi sich schüttelte, als könnte sie damit das unbehagliche Gefühl loswerden.

Denn unbehaglich war ihr schon zumute – und zwar deshalb, weil sie den zwölften Mai vergessen hatte, der seit eh und je im Föhrengrunder Schloß zu Ehren des Geburtstagskindes Beatrice glänzend gefeiert wurde. Und diesen großen Tag, wo sie schon als winziges Dinglein an der Hand der Mutter zur Gratulation antreten mußte, den konnte sie vergessen.

Na prost Mahlzeit – das dürfte schon was werden!

Ach was! tat sie trotzig ab, während sie sich rasch ankleidete. Unter den bedeutenden Menschen, die zusammenströmten, um der einflußreichsten Dame im Umkreis ihren Glückwunsch darzubieten, vermißte man so ein unscheinbares Nichts wie Gundis Haiden bestimmt nicht.

Das sagte sie auch später, als sie am Frühstückstisch saß, ihrer Tante, die lachend meinte: »Hoffen wir das beste. Möchte bloß wissen, wo du deine Gedanken gehabt hast.«

»Gewiß nicht im Föhrengrund, dafür haben wir ja den schlagenden Beweis. Was macht man da nun, Tante Gerta?«

»Sag, daß du an dem Tage krank warst«, riet Petra eifrig, worauf die Mutter sie tadelnd ansah.

»Lügen soll Gundis, mein Kind? Wie häßlich! Sie mag sich ruhig zu ihrer Vergeßlichkeit bekennen. Denn daß sie ausgerechnet an dem Tage krank gewesen sein soll, glaubt ihr niemand, zumal sie dann der Tante hätte fernmündlich gratulieren können.«

Die Kleine bekam ein rotes Köpfchen und sagte beschämt:
»Verzeih, Mutti, das war unbedacht von mir. Aber nimmst du an, daß man Gundis glaubt, wenn sie die Wahrheit sagt?«
»Wie meinst du das, Petra?«
»Daß man der Ansicht ist, daß sie den Tag nicht vergaß, sondern ihn absichtlich überging.«
»Da kannst du sogar recht haben«, entgegnete Frau Gerta verblüfft und setzte dann lachend hinzu:
»Ich wußte gar nicht, welch ein gescheites Köpfchen du hast, meine Kleine. Aber mag man Gundis nun die Wahrheit glauben oder nicht, es ist auf alle Fälle richtig, wenn sie diese sagt. Dann behält sie wenigstens ein reines Gewissen. Nicht wahr, mein Liebes?«
»Gewiß, Tante Gerta. Also werde ich mich mit einem Blumenstrauß bewaffnen und im Föhrengrund als verspätete Gratulantin antreten. Leider kann ich dazu nicht den Reitdreß tragen und muß somit auf den frischfröhlichen Ritt, auf den ich mich freute, verzichten.«

Eine Stunde später fuhr sie dann im Auto dem Föhrengrund zu. Neben ihr auf dem Sitz lag ein köstlicher Nelkenstrauß, den sie noch rasch in der Stadt besorgte. Und als sie dann später das Zimmer betrat, in dem die Familie Hagelungen vollzählig weilte, wurde ihr bei der eisigen Atmosphäre, die sie umfing, doch recht beklommen zumute. Doch tapfer trat sie auf die Gräfin zu, legte ihr die Blumen in den Schoß und sprach die Worte, die sie sich unterwegs zurechtlegte:

»Darf ich dir noch nachträglich zum Geburtstag gratulieren, Tante Beatrice? Verzeih, aber ich hatte den Tag – vergessen.«

Einem guten Menschenkenner wäre es gewiß nicht entgangen, daß Gundis die Wahrheit sprach. Aber da man sie hier sowieso für eine Lügnerin hielt, glaubte man ihr nicht – sondern nahm an, was die kleine kluge Petra voraussagte. Gräfin Beatrice hätte das wohl kaum in Worte gefaßt, aber ihrem Gatten ging sozusagen der Hut hoch.

»Schämst du dich denn gar nicht, der Tante mit einer so verlogenen Ausrede zu kommen?! Ist das der Dank dafür, daß sie sich deiner so selbstlos annahm und mütterlich für dich sorgte? Du hast den Geburtstag nicht vergessen, sondern aus Aufsässigkeit nicht zu ihm erscheinen wollen. Wohlgemerkt: Nicht wollen. Und da du dir nicht, sofern du den Rücken drehst, ins Fäustchen lachen sollst, wirst du zur Strafe nicht einen Tag, sondern zwei Tage in der Woche hier zubringen. Vielleicht wird dir deine Tante dann fester im Gedächtnis sitzen.«

Nach diesen harten Worten war es erst einmal beklemmend still. Aller Augen hingen an Gundis, die tief erblaßt war. Ihre Augen hielt sie fest auf den Mann gerichtet, der den Blick nicht aushielt und die Lider davor senkte. Kein Wort entschlüpfte dem zusammengepreßten Mädchenmund, dessen Winkel ein verächtliches Lächeln herabzog. Graf Konrad griff in den Kragen, als wäre er ihm zu eng.

»Geh jetzt!« herrschte er sie an. »Aber du erscheinst zu allen Mahlzeiten, verstanden? Am liebsten würfe ich dich hinaus, wie du es bei deiner Verstocktheit nicht besser verdienst – wenn ich nicht genau wüßte, daß ich dir den größten Gefallen damit täte.«

Da wandte Gundis sich brüsk ab – und es war sehr unvorsichtig von Lolith, daß sie der Entschwindenden einen Blick nachschickte, der an Schadenfreude und Gehässigkeit nichts zu wünschen übrig ließ. Und es war ihr Pech, daß der Blick von den anderen bemerkt wurde.

»Das ist ja furchtbar«, sagte Gräfin Beatrice konsterniert, und es war nicht festzustellen, was sie damit meinte: Das hochmütige, beinahe verächtliche Verhalten der jungen Gundis oder den unbeherrschten Blick der Schwiegertochter, der so manches verriet, woran man schon längst herumrätselte.

»Was sagst du denn dazu, Argulf?«

»Daß es wieder einmal viel Lärm um nichts gegeben hat, Mama«, gab er achselzuckend zurück. »Mag die Kleine doch nach ihrer Fasson selig werden.«

»Du hast ja eine merkwürdige Auffassung, mein Sohn. Vergiß bitte nicht immer wieder, daß sie das Kind Tessas ist.«

»Aber auch das des Herrn Haiden, Vater. Und da Gundis sich zu dessen Verwandten mehr hingezogen fühlt als zu uns,

würde ich sie an deiner Stelle gewähren lassen.«
»Das kann ich als Vormund nicht.«
»Dann ärgere dich eben weiter.«
»Wie kannst du nur so herzlos sein, Argulf«, bemerkte die Gattin vorwurfsvoll. »Siehst du denn gar nicht, wie sehr den armen Papa das alles mitnimmt? Gundis sollte sich schämen, ihm das Amt als Vormund so zu erschweren. Aber sie ist eben nichts wert«, schloß sie anscheinend bekümmert. »Jetzt wütet sie sicher oben.«

O nein, das tat Gundis nicht, sondern saß verdrießlich in ihrem Zimmer und machte sich Selbstvorwürfe über ihre Vergeßlichkeit. Es hätte ihr gewiß nichts ausgemacht, als Gratulantin bei der Gräfin zu erscheinen, auch nicht, beim anschließenden Festtrubel dabeizusein.

Das dauerte ja alles nur Stunden, die schnell vorübergingen – jedenfalls schneller als diejenigen, die sie nun als Strafe über ihre Vergeßlichkeit zudiktiert bekam.

Mißmutig grübelte sie vor sich hin. Sie sah nicht, wie elegant ihr »Gefängnis« ausgestattet war, sie sehnte sich nach ihrem traulichen Stübchen im Lindenhaus. Die Tränen stiegen ihr in die Augen, denen jedoch der Trotz Einhalt gebot.

Weinen? Nein, das tat sie nicht – jetzt gerade nicht!

Überhaupt war es töricht von ihr, hier zu sitzen, während draußen die Sonne lachte und die Natur üppig prangte. Auf dem Gitter des Altans saß ein Fink und jubelte sein kleines Lied zum Äther empor. Die winzige Kehle dehnte sich in Wonne und Lust. Vorsichtig trat Gundis in die geöffnete Tür und verharrte dort regungslos. Hatte ihre helle Freude an dem kleinen Sänger, der nun innehielt, das Köpfchen drehte und das Menschenkind mit den munteren Äuglein zutraulich ansah.

»Komm –«, lockte Gundis zärtlich, indem sie behutsam den Arm hob und den Zeigefinger streckte. »Komm, du süßer kleiner Kerl, ich tu dir nichts.«

Nun, um das auszuprobieren, dazu war das Vöglein denn doch zu scheu. Es hob die kleinen Schwingen und surrte ab. Höher, immer höher, als wollte es in die tiefe Bläue hinauf, die wie schimmernde Seide das Firmament überspannte.

Und da wurde die junge Gundis plötzlich wieder froh. Es war doch so wunderschön auf Gottes weiter Erde, und es ging ihr doch darauf so gut. Sie hatte keine Sorgen um das tägliche Brot. Brauchte darum nicht einmal zu arbeiten, wie viele Mädchen ihres Alters es mußten. Besaß sogar ein eigenes Haus, aus dem niemand sie vertreiben durfte. Hatte darin liebe Menschen um sich und bestimmt keinen Grund, den Kopf hängen zu lassen, wenn es nicht immer nach ihm gehen wollte. Sie konnte schließlich vom Leben nicht verlangen, daß es nur Sonnenschein darin gab. Kein Licht ohne Schatten, keine Rose ohne Dorn. Nur zu viel durfte es von der unangenehmen Zugabe nicht geben, dann ließ es sich schon ganz gut mit ihr auskommen.

Also erschien Gundis an der Mittagstafel nicht vertrotzt, wie man allgemein erwartete, sondern frohgemut und guter Dinge – worüber der Vormund sich nun wieder ärgern mußte. Da hatte er das Mädchen strafen wollen, und nun saß es da wie der verkörperte Frohsinn und lachte ihn so strahlend an, als hätte er ihm vorhin die größte Freude bereitet.

»Nun weiß ich überhaupt nicht mehr, was ich von Gundis halten soll«, sagte er verdrießlich, als das Mädchen sich nach Aufhebung der Tafel sofort zurückzog, während er mit den andern den Mokka auf der Terrasse nahm. »Nicht einmal verweint sieht sie aus«, setzte er brummend hinzu, und der Sohn lachte.

»Du verlangst wahrlich viel von der Kleinen, Vater. Sei doch zufrieden, daß sie nicht mault.«

»Das wäre auch noch schöner! Wozu haben wir denn, Mutter und ich, dem Mädchen die beste Erziehung zuteil werden lassen!«

»Wenn es danach geht«, lächelte Argulf ironisch. »Ich kenne Menschen, die eigentlich gut erzogen sein müßten und es dennoch nicht sind.«

»Meinst du etwa mich?« fühlte sich Lolith getroffen, und er sah sie erstaunt an.

»Wie kommst du darauf?«

»Weil du mir heute erst noch ein unbeherrschtes Benehmen vorwarfst.«

»Nun, mein Kind, jeder zieht sich das Jäckchen an, das ihm paßt.«

»O du Scheusal!« fiel die junge Gräfin in ihrer ohnmächtigen Wut so sehr aus der Rolle, wie sie die Schwiegereltern überhaupt noch nicht kannten. Und das war sehr, sehr töricht von ihr, sich vor ihnen in ihrem ganzen Glanz zu zeigen. »Ich habe eben Blut in den Adern – und du Himbeerwasser!«

Schon raste sie die Stufen hinab in den Park. Und während Argulf sich in aller Gelassenheit eine Zigarette anzündete, sagte seine Mutter erschrocken:

»Großer Gott, Junge, was soll das bedeuten?! So außer sich sah ich Lolith noch nie. Was sagst du bloß dazu, Konrad?«

Der war höchst betroffen und zuckte wie hilflos die Achseln.

»Ja, was soll ich wohl dazu sagen. Ist es schon öfter zu derartigen Szenen zwischen euch gekommen, Argulf?«

»Szenen gibt es bei uns nicht. Wenn sie ihre Touren bekommt, laß ich sie allein. Dann wird sie schon wieder vernünftig.«

»Und das schon im ersten Ehejahr«, schüttelte der Vater indigniert den Kopf. »Da muß ich schon bekennen, daß ich gewissermaßen aus allen Wolken gefallen bin. Ich habe nämlich bisher nie gemerkt, daß es zwischen euch zu Meinungsverschiedenheiten gekommen ist.«

»Man wäscht seine schmutzige Wäsche eben allein, Vater.«

»Junge, welch ein häßliches Wort«, zuckte die Mutter nervös zusammen. »Wenn du ein solches anwendest, muß es bereits traurig um deine Ehe bestellt sein. Und Vater und ich befanden uns in dem Glauben, daß sie eine glückliche wäre.«

»Nun, unglücklich bin ich ja auch nicht«, schwächte der Sohn gleichmütig ab. »Es ist eine Dutzendehe – und mehr habe ich nie erwartet. Daher kann ich auch nicht enttäuscht sein. Da ich nun einmal heiraten mußte, um unser Geschlecht nicht aussterben zu lassen, so wählte ich mir unter den aufgestellten Kandidatinnen diejenige, die mir von ihnen am besten gefiel. Aus guter Familie, gesund, hübsch, mehr kann man wohl nicht verlangen. Ich habe ja auch ganz gut gewählt; denn Lolith ist die Schlechteste nicht – es gibt schlimmere Frauen. Ihre Fehler und Schwächen ließen sich bisher ganz gut verzeihen und ertragen. Sollte sie mich allerdings belügen, hinter meinem Rücken Schulden machen und zu niedriger Boshaftigkeit fähig sein –

Na, abwarten. Es tut Lolith bestimmt schon leid, sich in eurer Gegenwart so schlecht beherrscht zu haben. Denn sie ist darauf erpicht, euch das edelmütige Geschöpf sonder Schuld und Fehler vorzumimen.

Du brauchst mich gar nicht so mitleidig anzusehen, Mutter«, setzte er lachend hinzu. »Wenn ich ein Schwärmer und mit wer weiß wie hohen Idealen in die Ehe gegangen wäre, dann lägen diese Ideale schon längst zerschellt am Boden. Doch da ich ein nüchterner Mensch bin, so kann bei mir eben nichts zerschellen – weder nicht erfülltes Liebesglück, noch der Glaube an die ideale Frau. Meiner Ansicht nach gibt es überhaupt so etwas nicht.«

»Oho, mein Sohn –« protestierte der Vater. »Sieh dir deine Mutter an. Sie ist nämlich eine ideale Frau – wenigstens für mich.«

Galant führte er die eine feine Frauenhand an die Lippen, während die andere liebkosend über seine Wange fuhr.

»Du bist eben ein anspruchsloser Mann, Konrad«, lächelte sie ihm zu. »Daher mit allem zufrieden, was ich dir bieten kann.«

»Und das ist eine ganze Menge, will ich meinen. Da kommt übrigens Lolith wieder – und zwar mit einem lachenden Gesicht. Lassen wir uns nicht anmerken, Beatrice, daß wir jetzt über manches Bescheid wissen, was uns bisher verborgen blieb.«

*

Diesmal war es ein Sonntag, an dem Gundis sich bei Familie Hagelungen meldete. Man saß im Park unter einer blühenden Kastanie und genoß den Ruhetag mit Behagen. Für Lolith gab es allerdings nur solche, weil sie auch an den Alltagen keine Arbeit leistete. War von Herzen froh, daß sie sich um das Hauswesen nicht zu kümmern brauchte. Überließ die Führung neidlos ihrer Schwiegermutter, die wiederum darüber froh war, das Zepter nicht aus der Hand geben zu müssen.

Und die beiden Herren legten sich erst recht nicht auf die faule Haut, sondern leiteten den großen Gutsbetrieb. Richteten sich nach der alten Bauernregel: Wo das Auge des Herrn fehlt, da werden die Kühe nicht fett.

Nun, im Föhrengrund waren sie es, da herrschte Zucht und Ordnung. Da gab es guten Viehbestand, eine vorzügliche Pferdezucht, sorgfältig bestellte Felder, tadellose Wirtschaftsgebäude und vieles andere mehr, was zu einem landwirtschaftlichen Musterbetrieb gehörte. Dazu kamen noch die Vorwerke und der große Waldbestand, eine gutgehende Ziegelei und sogar eine romantische Wassermühle, die außer dem eigenen Korn auch anderes mahlte.

Alles das zu verwalten, dazu gehörte schon eine gute Organisationsgabe, vielseitiges Wissen und Erfahrung. Der Beamtenstab war erstklassig, die Instleute taten gern und freudig ihre Pflicht, weil sie einen Lebensstandard hatten, wie er ihnen zukam und noch manches darüber. Denn die beiden Föhrengrunder Herren hegten die Ansicht: Man soll dem Ochsen, der da drischt, nicht das Maul verbinden.

Daher gab es selten Leutewechsel. Die guten Stellen vererbten sich durch Generationen. Und so konnte es kommen, daß in dem Riesenbetrieb nichts stockte, daß alles wie am Schnürchen lief.

Lolith jedoch konnte es nicht verstehen, daß ihr Mann so stramm auf Posten war. Ihrer Ansicht nach waren die Gutsbeamten dazu da, den Betrieb zu leiten, weil sie dafür bezahlt wurden. Wenn es nach ihr gegangen, wäre sie mit Argulf ständig auf Reisen gewesen. Hätte es sich bei einem Luxusleben wohlsein lassen, wie zum Beispiel auf der Hochzeitsreise. Als diese beendet war, kam es zur ersten Meinungsverschiedenheit zwischen ihr und dem sonst so rücksichtsvollen Gatten.

»Laß uns doch ständig auf Reisen bleiben«, hatte sie gemeint. »Was willst du denn im Föhrengrund? Da bist du total überflüssig.«

Der Blick war ihr auf die Nerven gegangen, mit dem er sie musterte und der ironische Ton, in dem er sprach, nicht minder.

»Du scheinst ja eine gute Auffassung von einem Landwirt zu haben, mein Kind. Der gehört nämlich auf seine Scholle, um dort zu wirken und zu schaffen.«

»Als ob du das bei deinem Reichtum noch nötig hättest.«

»Reichtum dürfte wohl übertrieben sein, meine liebe Lolith. Wohl können wir im Föhrengrund sorgenfrei leben, und das nur deshalb, weil Ahn und Urahn nicht auf der faulen Haut lagen. Laß deine merkwürdigen Ansichten nur nicht meinem Vater gegenüber laut werden, sonst dürftest du gleich unten durch sein bei diesem fleißigen, strebsamen Mann.«

Das alles war nun eine herbe Enttäuschung für die vergnügungssüchtige Lolith gewesen. Allein, sie war klug genug, sich davon nichts anmerken zu lassen. Denn immerhin lebte es sich in dem feudalen Föhrengrund bedeutend besser als bei der Mutter, die mit der Witwenpension auskommen mußte, nachdem ihr Gatte, ein höherer Regierungsbeamter, gestorben war. Man brauchte wohl nicht zu darben, konnte sich aber auch wiederum keine Extravaganzen leisten – was Lolith sich als Gräfin Hagelungen erhoffte. Und nun erhielt sie nichts weiter als ein allerdings reich zugemessenes Nadelgeld, mit dem sie sich einzurichten hatte. Ihr Mann arbeitete ihrer Ansicht nach wie ein Kuli, der Hausstand war streng geregelt, tadelloses Benehmen Selbstverständlichkeit, Vergnügungen mäßig – aus der Traum von einem verschwenderischen Luxusleben.

Trotzdem setzte Lolith alles daran, um sich im Föhrengrund ein warmes Nest zu schaffen. Das glaubte sie damit zu tun, indem sie sich Liebkind machte und so über ihren wahren Charakter hinwegtäuschte. Bei den Schwiegereltern gelang ihr das – doch bei ihrem Gatten nicht. Der kannte sie bereits recht gut, aber immer noch nicht gut genug.

Soeben schaute er amüsiert auf Gundis, die sich in folgender Form abmeldete:

»Achtundvierzig Stunden sind um, Onkel Konrad. Ich bitte, mich empfehlen zu dürfen.«

»Natürlich, nur nicht womöglich eine Viertelstunde länger hier verweilen«, entgegnete er gereizt, und sie lachte ihn

lieblich an.
»Du liebst doch sonst die Pünktlichkeit. Also!«
»Möchte wissen, wie du deine Tage im Lindenhaus verbringst. Wahrscheinlich mit lauter Torheiten.«
»Sag das nicht, Onkel Konrad. Meine Tante Gerta vertritt die Ansicht, daß Müßiggang aller Laster Anfang ist. Und nun auf Wiedersehen allerseits.«

Weg war sie, und Lolith begann zu sticheln:
»Es wundert mich, Papa, daß du dir die Frechheit von dem jungen Ding ungestraft bieten läßt.«
»Was heißt hier Frechheit!« unterbrach er sie unwirsch. »Ich konnte das Verhalten des Mädchens nicht frech finden. Du etwa, Beatrice?«
»Nein, Konrad. Ein wenig keck vielleicht, aber das hat die heutige Jugend ja wohl so an sich. Ist es dir übrigens aufgefallen, daß Gundis wunderschön geworden ist?«
»Schon längst –« brummte er. »Es ist aber nicht erforderlich, daß man sie darauf aufmerksam macht. Sonst bildet sie sich noch wer weiß was darauf ein.«
»Was findet ihr denn an Gundis schön?« fragte Lolith mit gemachter Harmlosigkeit. »Sie ist doch eigentlich ein ganz gewöhnlicher Wald- und Wiesentyp, so etwas wie ein Gänseblümchen.«
»Die sind doch allerliebst«, tat der Schwiegervater nun seinerseits harmlos. »Welch ein wunderholdes Bild, wenn die Wiesen von den zarten Blümlein übersät sind.«
»Das ist Geschmacksache«, meinte sie gleichmütig, konnte jedoch nicht verhindern, daß ein gereizter Ton mitschwang. Früher hätten ihre Schwiegereltern dem keine Bedeutung beigelegt, doch seitdem Gundis, ohne es allerdings zu wollen, ein Körnlein Mißtrauen ausgesät, lag es wie ein Unkrautskeim im lockeren Erdreich. Würde er ersticken oder traurige Blüten treiben? Es war, als schwebe über dem Raum eine junge Stimme:
»Ich glaube gern, daß du durch deine niederträchtigen Einflüsterungen dazu imstande bist, die Deinen gegen mich aufzuhetzen –«
Wahrheit oder Verleumdung? Um das herauszubekommen,

mußte man Gundis und auch Lolith unauffällig beobachten. Doch während man bei letzterer nun mal hellsichtig und hellhörig geworden war, auf manches stieß, das zum mindesten befremdete, konnte man bei ersterer nichts Nachteiliges feststellen. Die tat absolut nichts, um sich einzuschmeicheln, ging im Gegenteil allen aus dem Wege. Zu Lolith benahm sie sich weder liebenswürdig noch unfreundlich, sondern gleichgültig, während diese manch eine versteckte Spitze für sie hatte.

Außerdem fiel die junge Gräfin jetzt öfter einmal aus der Rolle, worüber sie sich hinterher gleich ärgerte, was immer weniger zu einer ausgeglichenen Stimmung beitrug, zumal sie noch die Schulden zu drücken begannen, die sie nicht nur bei Holling hatte, sondern auch in dem Modehaus, das sie beehrte und in verschiedenen Geschäften mehr. Zwar nahm sie sich immer wieder vor, von dem monatlichen Nadelgeld jedesmal eine bestimmte Summe abzuzahlen, aber ehe sie sich so recht versah, war das Geld bereits anderweitig ausgegeben. Ihre Mutter um Geld zu bitten, wagte sie nicht, weil sie wußte, daß diese sich mit ihrem Schwiegersohn sofort in Verbindung setzen und ihm nahelegen würde, über die Ausgaben seiner leichtsinnigen Frau besser zu wachen. Denn mit dem Nadelgeld, das sie erhielt, müßte sie nicht nur glänzend auskommen, sondern noch Rücklagen machen können.

So hätte die Mutter geurteilt, und der Kladderadatsch wäre da gewesen. Denn sie kannte doch die alte Dame in ihrer strengen, peinlichen und sehr ehrenwerten Lebensauffassung. Und da der verstorbene Gatte diese geteilt, blieb es ein Rätsel, wie das vornehme, allzeit korrekte Ehepaar zu der Tochter gekommen war.

Also durfte Lolith der Mutter mit ihren Nöten nicht kommen, und sonst gab es niemand, an den sie sich wenden konnte. Es liefen immer mehr unbezahlte Rechnungen bei ihr ein, die sie nervös und fahrig machten. In Gegenwart der Schwiegereltern nahm sie sich wohl zusammen, hatte jedoch keine Ahnung, wie scharf sie von ihnen beobachtet wurde. Sonst hätte sie gewiß die Einflüsterungen gegen Gundis unterlassen.

Zwar hatte das Mädchen ihr nichts getan, aber sie konnte es nun einmal nicht leiden, weil sie neidisch war. Sie gönnte der armen Gundis Haiden nichts, aber auch gar nichts. Nicht den Aufenthalt im Föhrengrund, nicht die Fürsorge des gräflichen Paares, nicht den Besitz des Lindenhauses, nicht ihr Auto, nicht ihr Pferd, nicht einmal ihre sonnigen achtzehn Jahre. Und wenn sie sich nicht für schöner gehalten, mondäner, bezaubernder, wäre ihr auch noch die taufrische Schönheit des Mädchens ein Dorn im Auge gewesen.

Nun, Neid ist ein Kraut, das giftige Blüten treibt. Und da Lolith nicht die Kraft besaß, es mit Stumpf und Stiel auszureißen, so wucherte es eben lustig weiter.

Einen Lichtblick gab es für die junge Gräfin allerdings noch, und zwar ihr bevorstehender Geburtstag. Wenn der Gatte dann großzügig war und ihr ein Geldgeschenk machte, wollte sie es dazu verwerten, um ihre Schulden zu bezahlen.

Und zu diesem Geburtstag sollte sich auch Gundis vorschriftsmäßig einfinden. Als sie nämlich vor Wochen vom Föhrengrund ins Lindenhaus zurückgekehrt war, hatte sie Tante Gerta ein Büchlein in die Hand gedrückt, in dem die Geburtstage der Hagelungen vermerkt waren.

»Erbarm dich, Tante Gerta, und sei du mein Gedächtnis. Sonst brummt man mir für jeden vergessenen Ehrentag vierundzwanzig Stunden mehr Kerkerhaft auf.«

Und Tante Gerta war zuverlässig. Denn als Gundis an einem Morgen zu Anfang Juni an den Frühstückstisch trat, wurde sie mit den Worten empfangen:

»Wie ich aus dem Kalender ersehen konnte, feiert Gräfin Lolith in drei Tagen ihren Geburtstag. Mußt du etwa auch zu dem erscheinen? Eigentlich geht er dich doch gar nichts an.«

»Absolut nichts, Tante Gerta. Aber kannst du wissen, was den Herrschaften im Föhrengrund so alles in die falsche Kehle kommt? Ergo: werde ich das kleine Übel wählen und mich zu dem hohen Wiegenfest pünktlich einfinden.«

»Wie alt wird die Gräfin eigentlich?«

»Keine Ahnung. Aber so um die Dreißig herum ganz bestimmt. Wie ist es nun, geliebtes Tantchen, haben wir so viel Geld in der Kasse, daß ich mir ein Festkleid leisten kann?

Wahrscheinlich werde ich mich um die Feier nicht herumdrücken können. Und da auf diesen Festen immer viel Eleganz entwickelt wird, möchte ich ungern zurückstehen.«

»Das wäre ja auch noch schöner, mein Kind. Geld birgt die Kasse genug, weil ich unmöglich verbrauchen kann, was du monatlich hineintust. Es wächst uns hier ja alles fast in den Mund, Obst, Gemüse und Geflügel. Die Kuh gibt Milch, zwei Schweine liefern Fleisch und Fett, also ist es hier wie im Schlaraffenland.«

»Nur so faul dürfen wir nicht sein«, lachte Petra fröhlich. »Such dir bloß ein fabelhaftes Kleid aus, Gundis; denn du mußt auf dem Fest unbedingt die Schönste sein.«

»Hast du eine Ahnung, du harmloses Gemüt! In der illustren Gesellschaft bin ich nichts weiter als ein Aschenputtel, das man kaum beachtet.«

Allein, die Annahme war falsch. Man beachtete die junge Gundis Haiden sogar sehr – teils aus Neugier, teils aus Entzücken. Sie sah aber auch bezaubernd aus in ihrem Festgewand, bei dessen Kauf die gute Tante Gerta ganz tief in die Kasse gegriffen hatte. Dazu trug sie einen Schmuck, der von ihrer Mutter stammte und trotz seiner Einfachheit recht kostbar war – so kostbar, daß Lolith in ihr neidete, obgleich sie selbst wertvolles Geschmeide trug. Mehr vielleicht, als nötig gewesen wäre.

Nun hatte die liebe Lolith wieder etwas, womit sie gegen Gundis sticheln konnte. Und zwar erklärte sie ihrer Schwiegermutter, daß der sehr kostbare und eigenartige Schmuck für ein so junges Mädchen zu unpassend wäre – und hielt den Mund, als diese ihr klarmachte, daß sie es war, die einst der noch blutjungen Tessa die Juwelen schenkte.

Als Jüngste in dem Kreis bekam Gundis auch den jüngsten Tischherrn zugeteilt. Er hatte Ostern sein Abitur gemacht und absolvierte erst einmal in der Landwirtschaft sein praktisches Jahr, bevor er die Hochschule bezog. Ein frischer, ungekünstelter Jüngling, der gut zu der herzfröhlichen Gundis paßte und sofort Kontakt mit ihr bekam. Wie zwei alte Bekannte plauschten sie vergnügt. Steckten in ihrem Eifer sogar die Köpfe zusammen, was teils schockiert, teils schmunzeln machte.

»Was die da wohl zu tuscheln haben«, sagte der Tischherr zu der Gastgeberin. »Wahrscheinlich hat mein Junge da die rechte Kameradin für seine Spitzbübereien gefunden. Ein bezauberndes Geschöpfchen, die kleine Gundis Haiden. Auf die können Frau Gräfin stolz sein.«

»Ja, sie hat sich ganz nett herausgemacht.«

»Ganz nett? Wie bescheiden ausgedrückt. Sie ist die köstlichste Blüte in diesem Damenflor.«

Nun mußte Frau Beatrice lachen.

»Wie poetisch, Herr Landrat. Mir wäre es lieb, wenn die Kleine sich dieser ›Köstlichkeit‹ noch recht lange unbewußt bliebe und so froh und unbekümmert, wie sie jetzt ist.«

Und noch mehr Schmeicheleien sollte die Gräfin über Gundis Haiden zu hören bekommen, gleichfalls ihr Gatte, der sich jedoch darüber nicht freute, sondern ärgerte.

»Daß man von Gundis so ein Aufhebens macht, das paßt mir nicht«, brummte er, als er mit seiner Frau in einem abgelegenen Zimmer saß, um sich gleich ihr von den anstrengenden Gastgeberpflichten ein wenig zu erholen. »Man soll das Kind in Ruhe lassen.«

»Nanu, Konrad, das klingt ja ganz nach väterlicher Eifersucht«, neckte sie ihn lachend, und er winkte unwirsch ab.

»Sollte mir bei dem undankbaren Fratz gerade noch fehlen. Du weißt ja ganz genau, wie abgetan wir für ihn sind. Aber schließlich muß ich als Vormund doch über mein Mündel wachen.«

»Aber liebster Mann, es tut der Kleinen doch keiner was. Und sie selbst ist nichts weiter als von Herzen vergnügt, ohne dabei an einen Flirt zu denken.«

»So – und ihrem Tischherrn, verdreht sie dem etwa nicht den Kopf, wie? Wüßte nicht, warum du mich jetzt wieder auslachst.«

»Das werde ich dir gleich sagen. Die beiden jungen Menschen dachten nicht daran, sich gegenseitig den Kopf zu verdrehen, sondern berieten, wie sie zu möglichst viel Eiscreme kommen könnten, ohne daß es unangenehm auffiel. Nach Aufhebung der Tafel erzählten sie dann dem Vater des jungen Mannes, daß es ihnen gelungen sei, drei Portionen zu erwischen. Ich hörte es mit an, da ich zufällig in der Nähe stand. Und was sagst du nun?«

»Dann allerdings«, lachte er herzlich. »So ein Kindskopf ist die Kleine also noch. Nun, dann hat's mit ihr vorläufig noch keine Not. Übrigens – wie gefällt dir Lolith heute?«

»Wie meinst du das, Konrad?«

»Nun, so im allgemeinen. Mir jedenfalls kommt sie zu mondän vor.«

»Mir auch –« seufzte Frau Beatrice. »Sie ist doch nun einmal dafür –«

»Aber Argulf nicht. Ich wundere mich, daß er sie gewähren läßt.«

»Vielleicht ist sie ihm schon so gleichgültig geworden, daß ihn das Extravagante an ihr nicht mehr stört.«

»Das wäre ja fürchterlich. Beatrice. Ich kann mir nicht helfen, Lolith hat sich in letzter Zeit sehr zu ihrem Nachteil verändert.«

»Oder wir haben sie bisher mit andern Augen angesehen. Nun, wir wollen nicht ungerecht werden, wollen uns bemühen, objektiv zu urteilen. Und nun ist es höchste Zeit, zu unseren Gästen zurückzukehren.«

*

So widerwillig Gundis zu dem Fest gekommen war, mit so großem Vergnügen gab sie sich ihm jetzt hin. An Tänzern fehlte es ihr wahrlich nicht, aber ihr eifrigster war ihr Tischherr. Eine Freude mitanzusehen, wie das quietschvergnügte Paar unbeschwert von allen Kümmernissen über das Parkett steppte, tangote oder walzte.

Gottlob gab es nur wenige unter den Menschen, die zahlreich im Saal versammelt waren, die so etwas ungehörig fanden – und unter ihnen befand sich natürlich auch Lolith, weil sie dem Mädchen die Unbeschwertheit, mit dem es sich dem Vergnügen hingeben konnte, nicht gönnte. Denn was Lolith so sehnlichst erhofft, war nicht eingetreten. Sie war wohl reich beschenkt worden – aber nicht mit Geld. Keine

Mark in bar hatte sie erhalten. Und irgendwie muß der Mensch sich doch für seine Enttäuschung schadlos halten – und wenngleich mit Bosheit.

Ergo: schlängelte die liebe Lolith sich an ihre Schwiegereltern heran, die momentan allein an einem Tisch saßen und sagte anscheinend besorgt:

»Schickt sich das auch, daß Gundis so oft mit dem jungen Artlin tanzt, Papa? Ich glaube, die Gäste werden bereits darauf aufmerksam.«

»Dann müßte es ihnen auch auffallen, daß du schon dreimal mit dem Lebemann Quest tanztest, mein liebes Kind.«

»O Papa, das war doch ganz harmlos.«

»Siehst du, so harmlos ist es mit den beiden jungen Menschen auch.«

So abgeblitzt, ging sie ärgerlich davon, um an der Bar ihren Ärger mit Sekt herunterzuspülen. Argulf, der hinzugekommen war und das Gespräch mitangehört hatte, sah seiner Frau kopfschüttelnd nach.

»Daß sie es doch nicht lassen kann, uns gegen Gundis aufzuhetzen. Und dabei hat sie die Kleine doch schon fast aus dem Wege geräumt.«

»Ob es vielleicht aus Eifersucht geschieht – und zwar deinetwegen?« fragte die Mutter nachdenklich, und der Sohn lachte amüsiert.

»Auf das Kind! Nein, für so töricht halte ich Lolith denn doch nicht. Sie kann Gundis nicht leiden, weil sie fürchtet, daß dieser im Föhrengrund Rechte eingeräumt werden, die sie für sich allein beansprucht. Das ist alles.

Und nun werde ich mir mal den kleinen Wirbelwind einfangen, um endlich den Pflichttanz mit ihm zu erledigen. Ich glaube ja kaum, daß er sich etwas daraus macht, aber der Anstand muß doch nun mal gewahrt bleiben.«

Gleich darauf verneigte er sich vor Gundis, die ihn vergnügt anlachte.

»Argulf, du? Nett von dir. Dann wollen wir mal gleich loswalzen.«

Das ging prächtig. Denn der elegante Tänzer verstand es glänzend, seine Partnerin zu führen. Und Gundis, an sich schon graziös, hatte in den Pensionaten bei der Tanzstunde den letzten Schliff bekommen.

»Das ist ja eine Lust, mit dir zu tanzen!« sagte sie begeistert, und er lachte.

»Mit dir nicht minder, kleines Mädchen. Ist's schön heute?«
»O ja – sehr.«
»Und warum kamst du denn so ungern zu dem Fest?«
»Sei nicht so eklig, Argulf«, lachte sie verlegen. »So was fragt man doch nicht. Woher weißt du überhaupt, daß ich ungern kam?«

»Du kannst schlecht lügen, kleine Gundis.«
»Na, nun schlägt's dreizehn –« war sie so erstaunt, daß sie augenblicklang den Schritt verhielt. »Dein Vater bezichtigt mich der chronischen Lügerei, und du sagst, daß ich es schlecht kann? Ihr seid ja eine ganz komische Familie.«

Das kam so perplex heraus, daß er herzlich lachen mußte.

»Deshalb hast du dich von uns ja auch losgesagt. Halt, hiergeblieben. Dieser Tanz gehört mir bis zum letzten Takt.«

»Es ist der erste und der letzte, mein Herr Arrogant. Ich bin es nämlich gewöhnt, beim Tanz amüsant unterhalten zu werden.«

Er zog sie etwas näher zu sich heran und schaute ihr mitten in die Augen hinein, die wie zwei köstliche Saphire funkelten und blitzten. Wie Alabaster schimmerte das Antlitz, so rein und klar, der jungrote Mund lachte. Schön war die junge Gundis Haiden, von einer sinnverwirrenden taufrischen Schönheit und von einer liebenswerten Unbekümmertheit. Sonst hätte sie sich den Blick, der unverwandt auf ihr ruhte, anders deuten müssen und nicht lachend gesagt:

»Du schaust mich ja an, als wolltest du meine Seele ergründen. Laß das lieber. Sie ist nämlich tintenschwarz vor lauter Schlechtigkeit, um mit Familie Hagelungen zu sprechen.«

»Du bist ein Nichtsnutz«, entgegnete er gelassen. »Sei froh, daß ich dir nicht sage, was ich jetzt denke.«

»Sag's mir ruhig, ich mach' mir nichts daraus. Schade, daß die Musik schweigt. Es tanzt sich mit dir doch so schön.«

»Ich müßte eigentlich etwas tun, was dir einen gehörigen

Denkzettel gäbe, du unerhörte kleine Spottdrossel. Doch jetzt ist meine Zeit noch nicht gekommen.«

»Wie mysteriös. Mir läuft ordentlich das Gruseln über den Rücken. Aber du mußt ja immer etwas Besonderes haben.«

»Hoffentlich sieht es auch das Schicksal ein. Und nun komm an den Tisch meiner Eltern. Ich sehe dort nämlich Sekt fließen. Ein Gläschen davon sei dir erlaubt!«

»Von dir etwa? Willst du etwa in die Fußstapfen meines gestrengen Vormunds treten, wenn es um erlauben und nicht erlauben geht?«

»Wohl dir, mein Kind. Wenn man einen Schatz zu hüten hat, dann muß man wachsam sein.«

»Und bellen wie ein Märchenhund?«

Jetzt lachte der Mann wieder und trat so mit seiner Begleiterin an den Tisch, wo außer seinen Eltern und seiner Frau noch einige Gäste saßen. Darunter auch Exzellenz von Trusebüchen, die vor Jahren in der naheliegenden Stadt in Dienst gestanden und dann versetzt worden war. Es hatte dem Herrn in der Garnison so gut gefallen, daß er sich nach seiner Pensionierung im Frühjahr einen kleinen Besitz kaufte. Und da er schon früher Feste im Föhrengrund mitmachte, fand er sich auch heute ein, obwohl er im allgemeinen zurückgezogen lebte. Seine Gattin hatte er entschuldigt, da sie verreist war.

Schmunzelnd sah nun der noch recht jugendlich wirkende, distinguierte Herr dem Paar entgegen, das an den Tisch trat.

»Potztausend, kleines Fräulein, was sind wir groß und – äh – hm – na ja, geworden. Ich kenne Sie nämlich, als Sie noch als winziges Dirnlein im Elternhause herumtollten. Fand mich da oft als Jagdgast aus der Garnison ein. Wenn man Sie sieht, dann weiß man sofort, daß Sie die Tochter Ihres prächtigen Vaters sind, mein gnädiges Fräulein.«

»Und darauf bin ich stolz. Jetzt dämmert es übrigens in meinem Hirn. Sind Sie etwa der Herr, der mir jedesmal eine Puppe mitbrachte, wenn er in meinem Elternhaus erschien, Exzellenz?«

»Jawohl. Wieviel Puppen waren es?«

»Ich glaube zwanzig«, lachte sie ihn vergnügt an. »Sie waren mir immer sehr sympathisch und sind es heute noch.«

»Gundis!« rief Frau Beatrice peinlich berührt. »Wie kann man nur so offen sein.«

»Lassen Sie nur, Frau Gräfin«, strich der Herr geschmeichelt seinen weißen Bürstenbart. »So was hört man auch noch im Großvateralter gern –«

Er hob sein Glas und ließ es an das des vergnügten Mädchens klingen.

»Auf unsere alte Puppenfreundschaft, gnädiges Fräulein!«

»Puppendank, Exzellenz«, war die mutwillige Antwort. Zutraulich plauderte sie mit dem einflußreichen Herrn, der als äußerst zurückhaltend bekannt war. Sein Wohlwollen blieb nicht ohne Einfluß auf die andern, denn leider lassen die Menschen sich nun mal durch Äußerlichkeiten bestechen. Man horchte auf, als der Herr schmunzelnd sagte:

»Sie wären so die richtige Freundin für meine Enkeltochter, kleine Gundis, die viel zu ernst und gemessen für ihre sechzehn Jahre ist. Darf ich hoffen, daß Sie sich des Mädchens annehmen und aufmunternd auf es wirken?«

»Von Herzen gern, Exzellenz. Ist die Enkelin denn krank?«

»Gottlob nicht. Nur miesepeterig und sehr unzugänglich.«

»O weh, das wird denn ein gutes Fiasko für mich werden«, seufzte Gundis in so komischer Bekümmernis, daß die andern herzlich lachten. Da die Musik einsetzte und sich auch schon ein Herr vor dem Mädchen verneigte, folgte es ihm zum Tanz, während die andern am Tisch Platz behielten.

»Ein entzückendes Geschöpfchen, die kleine Gundis Haiden«, sprach Trusebüchen ihr nach. »Bei so viel Blasiertheit oder Burschikosität, wie man sie jetzt häufig unter der Jugend findet, wirkt dieses Menschenkind direkt herzquickend in seiner liebenswerten, natürlichen Art.

Darf ich Sie herzlich bitten, Frau Gräfin«, wandte er sich der Hausherrin zu, »meiner Enkelin zu gestatten, öfter einmal hierher zu kommen, um mit Fräulein Haiden zusammen zu sein? Unsere kleine Stefanie wurde nämlich vom Schicksal gleich hart getroffen. Auch sie verlor ihre Eltern durch einen Unglücksfall. Obwohl das länger als ein Jahr her ist, kann sie sich immer noch nicht von dem grausamen Schlag erholen und lebt trübselig dahin. Meine Frau und ich können ihr nicht die nötige Aufmunterung bieten, an andere Menschen schließt sie sich nicht an. Es ist schon ein Jammer mit dem Kind«, schloß er bekümmert, und Frau Beatrice sagte herzlicher, als sie es im allgemeinen zu tun pflegte:

»Schicken Sie uns Ihr Enkeltöchterchen nur recht oft, Exzellenz. Was wir tun können, um es seiner Trübseligkeit zu entreißen, das soll gewiß geschehen.«

»Das ist ja nun eine sehr peinliche Geschichte«, sagte Graf Konrad, nachdem die Gäste fort waren und er die Gattin allein für sich hatte. »Wie sollen wir der Exzellenz beibringen, daß Gundis nur zwei Tage in der Woche bei uns weilt? Wenn nun gerade dann, da sie abwesend ist, die kleine Stefanie hier erscheint?«

Und so geschah es auch. Bereits am nächsten Sonntag wurden die Großeltern mit ihrer Enkelin bei Familie Hagelungen gemeldet. Die würdige alte Dame, ein wenig steif und konventionell, entschuldigte sich, daß sie das Fest nicht hatte mitmachen können, da sie verreist war.

»Es tat mir sehr leid, als mein Mann mir nach meiner Rückkehr davon erzählte«, bemerkte sie mit einer Liebenswürdigkeit, der immer eine gewisse Zurückhaltung anhaftete. Doch als der Hausherr sie mit Exzellenz titulierte, winkte sie fast humorvoll ab.

»Den Titel wollen wir meinem Mann überlassen. Mein Name genügt mir vollkommen.«

Zuerst schleppte die Unterhaltung sich förmlich hin; denn es war gewiß nicht leicht, mit der Dame warm zu werden. Noch weniger mit ihrer Enkelin, die stumm und steif dasaß. Ein aufgeschossenes, fast hageres Mädchen mit blassem Gesicht und trüben Augen. Einen verdrießlichen Zug um den Mund, unlustig und unzugänglich. Freiwillig saß Stefanie gewiß nicht hier, genauso wenig wie ihre Großmutter. Wahrscheinlich hatte es großer Überredungskunst oder gar eines Machtwortes der Exzellenz bedurft, die Seinen zum Mitkommen zu bewegen.

»Wo ist denn nun der kleine Sonnenstrahl?« sagte der Herr ein wenig zu laut und aufgeräumt. »Ich habe meinen Lieben schon so viel von ihm erzählt, daß sie auf seine Bekanntschaft höchst neugierig sind.«

»Gundis ist heute leider nicht hier«, erwiderte Graf Konrad verlegen. »Sie hält sich viel in dem Hause auf, das sie von ihrer verstorbenen Großtante erbte.«

»Etwa der alten Baroneß von Suderwang?«

»Ganz recht, Exzellenz. Sie starb im März.«

»Das tut mir aber leid. Eine famose Dame, die Tante Cordula, in deren Haus wir mit den lieben Haidens zusammen manch frohe Stunde verlebten. Nicht wahr, Blandine?«

»O ja, ich erinnere mich ihrer gern«, wurde die alte Dame nun lebhafter. »Daß wir von dem Tod der Baroneß nichts wissen, kommt wohl daher, weil wir erst im April unser neues Haus bezogen und mit seiner Einrichtung stark beschäftigt waren. Außerdem wurde uns das Kind krank, so daß wir für nichts anderes Interesse hatten. Aber gottlob war es nichts Ernstes, wie uns die Kapazität, die die Kleine unter Beobachtung nahm, beruhigte. Sie ist ganz gesund, nur gar nicht fröhlich, wie es ihrem Alter zukommt. Und nun verspricht sich mein Mann für das Kind durch den Umgang mit Fräulein Haiden wahre Wunderdinge. Schade, daß wir die junge Dame nicht begrüßen können.«

»Das könnte geschehen, gnädige Frau, wenn Sie die Güte hätten, länger hier zu verweilen«, bemerkte Graf Konrad liebenswürdig. »Ich werde das Lindenhaus anrufen und die Kleine herzitieren.«

»Wenn wir nicht stören –«

»Aber woher denn«, schaltete sich nun die Hausherrin ein. »Wir freuen uns über jeden Besuch.«

»Dann bleiben wir«, entschied Exzellenz schmunzelnd. »Sie müssen nämlich wissen, meine Herrschaften, daß es meiner ganzen betörenden Überredungskunst bedurfte, die lieben beiden hierher zu lotsen, die am liebsten in ihren vier Wänden sitzen und Trübsal blasen.«

Man lachte herzlich – und schon war das Fremdsein überbrückt.

*

»Kindchen, wirf alles hin und zieh dich um!« rief Justinchen schon von weitem aufgeregt dem Mädchen zu, das mit ihren Lieben – der Justizrat natürlich eingeschlossen – unter der großen Linde saß. »Die Exzellenzen sind da, und du sollst sofort hinkommen.«

»Zu Exzellenzens?« neckte Gundis, die sofort Bescheid wußte.

»Aber nein – nach dem Föhrengrund.«

»Ach so. Man immer sachte mit den jungen Pferdchen – ich hab' Zeit.«

»Herzchen, der Herr Graf war selbst am Fernsprecher!«

»Welche Ehre.«

»Nun mach schon, Gundis«, kam Tante Gerta lachend dem Justinchen zu Hilfe, das über so viel Pomadigkeit die Hände rang. Denn alles, was mit der gräflichen Familie zusammenhing, war für die Brave etwas, wovor man Ehrfurcht haben mußte. Ihrer Ansicht nach hätte »ihr Kindchen« davonhetzen müssen wie gejagt. Statt dessen legte es sich im Gartensessel zurück und sagte verdrießlich:

»Nicht einmal am Sonntag hat man vor den gräßlichen Menschen Ruhe. Ich wünschte –«

»Wünsch nichts«, unterbrach die Tante sie trocken. »Denn in deiner jetzigen Verärgerung würde nichts Gutes dabei herauskommen. Sieh lieber zu, daß du nach dem Föhrengrund kommst. Denn du weißt, dein Vormund fackelt nicht –«

»Und brummt dir am Ende gar noch den dritten ›Pflichttag‹ in der Woche auf«, spann der Justizrat schmunzelnd den Faden weiter.

Und das half. Schon zehn Minuten später fuhr Gundis im Auto davon. Weitere zehn Minuten, die sie benötigte, um den Föhrengrund zu erreichen, genügten, ihren Unmut zu besänftigen. Ach was, sie rechnete diesen Tag einfach an und damit holla!

Also erschien sie frohgemut und guter Dinge im Park, wo man bei einer Erfrischung saß.

»Da ist sie ja, die kleine Gundis«, schmunzelte Trusebüchen. »Und dabei so hell und licht, als hätte sie den ganzen Sonnenschein für sich gepachtet. Erkennst du in dieser jungen

Dame das kleine Mädchen von einst, Blandine?«

»Doch –« sah diese forschend in das junge, rosige Gesicht, das sich artig über ihre Hand neigte. »Es sind dieselben großen leuchtendblauen Augen, die unser aller Entzücken erregten, das goldglitzernde Haar, nur ein wenig nachgedunkelt. Guten Tag, mein liebes Kind. Ich freue mich, Sie nach so vielen Jahren wiederzusehen.«

Gundis strahlte sie an, begrüßte dann die anderen und zuletzt Stefanie, die sie mißtrauisch musterte.

O weh, die scheint aber schwierig zu sein – dachte Gundis betroffen. Was soll ich mit der wohl anfangen.

Dieselben Gedanken hegten auch die anderen, außer den Großeltern natürlich. Sie trugen nämlich Schuld daran, daß ihre Enkelin so war. Hatten sie mit Überängstlichkeit behütet, all ihren Launen nachgegeben und sich dadurch eine Tyrannin erzogen, die unumschränkt über Haus und Herzen herrschte, dabei immer verdrießlicher wurde und mit ihrer chronischen Übellaunigkeit jeden Menschen abstieß, der sich ihr näherte. Wohl hatten die Großeltern es versucht, sie mit Jugend zusammenzuführen, die sich jedoch immer bald zurückzog, weil sie keinen Kontakt mit dem mißmutigen und oft recht ungezogenen Mädchen finden konnte.

Wohlerzogen benahm Stefanie sich auch jetzt nicht, als sie gelangweilt dasaß und auf alle Fragen kaum Antwort gab. Bei denen, die Gundis stellte, blieb sie sogar stocksteif und stumm.

»Dem ungezogenen Mädchen fehlt weiter nichts als Ohrfeigen am laufenden Band«, sagte Graf Konrad aufgebracht, nachdem die Gäste sich verabschiedet hatten. »Eine Zumutung von den Großeltern, unserer Gundis ein so störrisches Füllen zur Dressur aufbürden zu wollen. Laß bloß die Finger davon, Kleine, das rate ich dir. Denn Dank für deine Bemühungen würdest du nicht ernten.«

»Darüber brauche ich mir den Kopf nicht zu zerbrechen, Onkel Konrad«, war die lachende Antwort. »Denn ich glaube nicht, daß man mich noch einmal mit dieser schwierigen Stefanie zusammenführen wird.«

Allein, darin sollte sie sich getäuscht haben. Sie befand sich gerade zum »Pflichttag« im Föhrengrund, als Frau Blandine sie fernmündlich in ihr Haus lud.

»Ach du Grundgütiger«, sagte sie verblüfft, als Argulf, der die Einladung entgegengenommen hatte, ihr diese übermittelte. »Na, wenn alle Stränge reißen, benehme ich mich genauso ungezogen wie Stefanie. Und da, wenn zwei dasselbe tun, es noch lange nicht dasselbe ist, wird man bei mir in Grund und Boden verdammen, was man bei dem Abgott gutheißt, und mich empört hinauswerfen, womit sich alles Weitere erledigt haben dürfte.«

Das kam so drollig heraus, daß man herzlich lachte. Selbst Lolith, was ihr hoch anzurechnen war.

»Ich komme mit dir«, erbot sie sich eifrig, doch der Schwiegervater winkte ab.

»Nichts da, du bist ja gar nicht eingeladen. Es wäre überhaupt zu überlegen, ob Gundis der Einladung nachkommen soll.«

»Und womit könnte ich mich entschuldigen, Onkel Konrad?«

»Daß du dich nicht wohlfühlst.«

»Herrlich!« jubelte der arge Schelm. »Nun weiß ich wenigstens, womit ich mich herausreden kann, wenn ich einmal den ›Pflichttag‹ schwänzen will.«

Eigentlich wollte der Graf ärgerlich werden, aber angesichts der Spitzbübigkeit, die dem Mädchen nur so aus den Augen blitzte, lachte er gleich den andern.

»Wage es!« drohte er. »Es könnte nämlich sein, daß ich eine Stichprobe mache, indem ich unverhofft im Lindenhaus erscheine. Und nun Scherz beiseite. Hast du Lust, zu Trusebüchens zu fahren?«

»Ja. Und zwar deshalb, weil der alte Herr mir leid tut, der sich mit dem Eigensinn seiner Enkeltochter abplagen muß. Vielleicht kann ich doch auf sie einwirken –«

»Bilde dir das doch ja nicht ein«, unterbrach Lolith, die Gundis die Gunst der vornehmen Menschen natürlich nicht gönnte, hämisch. »So ein vorzüglicher Charakter bist du noch lange nicht, um auf so einen Trotzkopf veredelnd wirken zu können.«

»Sei doch nicht so gehässig!« fuhr der Schwiegervater sie an.

»Ob veredelnd oder nicht, steht hier nicht zur Debatte. Du fährst also, mein Kind?«

»Ja, Onkel Konrad. Allerdings weiß ich nicht wie, da ich hoch zu Roß erschienen bin.«

»Der Chauffeur wird dich hinbringen.«

»Herzlichen Dank. Also, auf in den Kampf.«

Nun, so arg wurde es denn doch nicht, wie man es sich vorstellte. Die Hausherrin empfing Gundis in der Villa, die man mit einigen Morgen Land erworben hatte, recht herzlich, der Hausherr vergnügt schmunzelnd und Stefanie nicht gerade ermunternd. Aber es mußte wohl auch ihr nicht möglich sein, dem Frohsinn des jungen Gastes zu widerstehen; denn sie wurde noch ganz gnädig. Lachte sogar einmal, was die Großeltern beglückte.

»Habe ich dir nicht gesagt, Blandine, daß die sonnige Gundis Haiden die rechte Medizin für unsere verdrießliche Kleine ist«, lachte die Exzellenz. »Nun tut mir den Gefallen, Kinder, duzt euch und habt euch lieb.«

»Mir schon recht«, war Gundis einverstanden. »Ich weiß nur nicht, ob Stefanie –?«

»Meinetwegen«, entgegnete sie gönnerhaft. »Aber bitte nicht zu intim. Das kann ich nicht vertragen.«

»Sollte mir einfallen«, lachte Gundis. »Es ist nicht meine Art, mich einem Menschen aufzudrängen.«

Diese Sprache war dem verwöhnten Mädchen neu, um dessen Gunst man bisher stets gebuhlt, hauptsächlich die Großmutter. Es kränkte diese nun doch, daß man mit ihrem Abgott so gar kein Federlesen machte. Und so sagte sie, als der Gast sich verabschiedet hatte, zum Gatten:

»Eigentlich ist Fräulein Haiden doch recht keck. Andere Mädchen würden es sich zur Ehre anrechnen, in unser Haus geladen zu werden.«

»Na eben, unser Haus ist ja auch etwas ganz Besonderes«, lachte er verärgert, dem nun doch die Geduld über die Unvernunft seiner Frau, mit der sie Stefanies Launen immer wieder nachgab, endlich riß. »Du scheinst zu vergessen, meine liebe Blandine, daß die gräfliche Familie Hagelungen zu den nächsten Angehörigen des Fräuleins gehört. Und die ist, wie du weißt, der einflußreichsten eine in der Umgebung. Also hat die Kleine es gar nicht nötig, sich von Stefanie schlecht behandeln zu lassen. Ich glaube nicht, daß sie wiederkommt. Aber dann beklage dich nicht, daß dein verzogener Abgott so ohne jeden jugendlichen Umgang bleiben muß. Es ist das letzte Mal, daß ich einen jungen herzfröhlichen Menschen ins Haus zog. Meinetwegen mag Stefanie hier versauern und in ein paar Jahren eine wehleidige alte Jungfer sein. Leider Gottes habe auch ihr zuviel nachgegeben, was sich nun bitter rächt. Aber jetzt werde ich mal andere Saiten aufziehen, worauf ihr euch verlassen könnt.«

Damit ging er hinaus, die Seinen konsterniert zurücklassend. Geschah es doch das erste Mal, daß er eine solche Sprache ihnen gegenüber führte.

»Da hast du es nun, Großmama«, sagte Stefanie verdrießlich. »Mußt du mir denn immer alles vergraulen?«

»Aber mein Herzenskind, den Vorwurf habe ich doch nun wirklich nicht verdient«, war die alte Dame gekränkt. »Du weißt doch, daß ich dir am liebsten die Sterne vom Himmel holen möchte, um dich froh und glücklich zu machen. Habe ich dich nicht immer wieder mit jungen Menschen zusammengeführt –«

»Die waren mir zu albern.«

»Aber das sind Mädchen deines Alters doch nun mal. Sie haben ja auch nicht so Schweres mitgemacht wie du, mein armes Kind.«

»Gundis Haiden hat es auch.«

»Nun ja, gewiß. Doch jeder Mensch ist anders veranlagt. Einer nimmt Schicksalsschläge leicht, den andern drücken sie auf ewig nieder. Ich habe ja auch nichts dagegen, wenn du mit Fräulein Haiden ab und zu zusammenkommst.«

»Das ist zu wenig, Großmama.«

»Dann so oft du magst, mein Liebling. Ich finde nur, daß sie gar nicht nett mit dir umgeht, die du doch nur an liebevolle Behandlung gewöhnt bist. Das kränkt mich für dich, mein Herzblatt. Und nun will sogar Großpapa noch andere Saiten aufziehen, da weiß ich nicht, was werden soll.«

*

Am nächsten Sonntagnachmittag saß Frau Gerta unter der großen Linde und schrieb einen Brief. Denn so, wie sich das Sommerleben der meisten Landbewohner auf der Terrasse, der Veranda oder unter dem schattigen Geäst der Bäume abzuspielen pflegt, so geschah es auch bei denen vom Lindenhaus. Der Sommer war ja so kurz und mußte nach Kräften genossen werden.

Es herrschte um die Schreibende eine andächtige Stille, in die keine menschliche Stimme hineindrang. Um so dringlicher sprach die Natur. Die Wipfel der hohen Bäume rauschten sacht im linden Wind, die Vöglein jubilierten, im nahen Teich quakten die Frösche. Die Lindenblüten über ihr dufteten süß, von den gemähten Wiesen wehte der würzige Geruch des Heues zu ihr hin, vom nahen Wald der harzige von Fichten und Föhren – und über allem brannte die Sommersonne.

Doch wo Frau Gerta saß war es schattig und kühl. Sie schrieb so eifrig, daß sie erst verwirrt aufschaute, als Justine bereits vor ihr stand und neben ihr zwei Fremde, oder auch nicht fremd –?

»Erkennen Sie mich denn gar nicht mehr, gnädige Frau?«
»O Exzellenz, welch eine Überraschung!«
»Hoffentlich keine unangenehme, wie? Aber da muß ich Ihnen doch ein Kompliment machen, gnädige Frau. Sie haben sich in den zehn Jahren, da wir uns zuletzt sahen, nicht verändert. Gedenken Sie noch der frohen Stunden, die wir mit der lieben Tante Cordula zusammen in diesem Hause verlebten? Schade, daß ich sie nicht mehr begrüßen kann. Und dieses hier ist meine Enkeltochter Stefanie, die mir so viel Sorge macht.«
»Großpapa!«
»Entrüste dich nicht, mein Kind, es ist so. Dürfen wir ein wenig hier verweilen, gnädige Frau?«
»Welch eine Frage, Exzellenz! Ich bitte Platz zu nehmen. Justinchen wird uns einen guten Kaffee brauen.«
»Ja, das Justinchen habe ich bereits begrüßt«, lachte der alte Herr. »Immer noch so hurtig und flink wie ein Wiesel.«

»Muß man doch, Exzellenz, sonst kommt man bald zum alten Eisen.«

»Vorläufig stehen Sie doch noch in der Jugend Blüte«, neckte er, was Tinchen gar nicht abstritt. Lachend eilte sie davon, und er schmunzelte ihr nach.

»Immer lustig und fidel, das lob' ich mir, der ich gern unter fröhlichen Menschen bin. Aber leider ist es bei uns trübselig wie in einem Trauerhaus, weil dieses miesepeterige Mädchen da den Ton angibt. Sehen Sie nur, gnädige Frau, wie es wieder dreinschaut. Wie sieben Tage Regenwetter.«

»Das würde ich mir von dem Großpapa doch nicht sagen lassen, kleines Fräulein«, sprach Frau Gerta nun herzlich zu dem verdrießlichen Mädchen. »Tun Sie sich mit meinen munteren beiden zusammen und stellen Sie gemeinsam das Haus auf den Kopf. Vielleicht findet das mehr Anklang.«

»Sie sprechen von zwei, gnädige Frau?«

»Ja, Exzellenz, von meiner Nichte Gundis und meiner Pflegetochter Petra, die hier unter meiner Obhut lebt. Da muß man manchmal Spaß verstehen, bei der übermütigen Gesellschaft. Aber tut nichts, es sind liebe Kinder, die mir mein Leben licht und hell machen. Ohne sie würde ich meine Tage einsam verbringen müssen. Daher weiß ich den muntern Zeisigen nur immer Dank.«

»Wo sind sie jetzt?«

»Ausgeritten. Das heißt, bei Petra kann man noch nicht von reiten sprechen, da sie sich erst seit einigen Tagen bei Gundis in der Lehre befindet. Und die saß ja mit fünf Jahren bereits im Sattel wie eine Alte.«

»O ja, darauf besinne ich mich noch gut. Aber das sagt noch gar nichts. Denn meine Enkelin war auch schon als Kind eine eifrige Reiterin, und nun ist es schon länger als ein Jahr her, daß sie zum letzten Mal im Sattel saß.«

»Nun, vielleicht findet sich die Lust, wenn sie die beiden Reiterinnen sieht«, tröstete Frau Gerta, die von Gundis schon längst über die kleine Tyrannin unterrichtet war und über die sklavische Liebe der Großmutter zu ihr immer noch, während der Großvater zu rebellieren begann.

Man hatte gerade die erste Tasse Kaffee getrunken, als vom

Hof her fröhliche Stimmen kamen. Und bald darauf standen die beiden Amazonen in ihrem schmucken Reitdreß da, ihre Überraschung über den unerwarteten Besuch nicht ganz verbergen könnend.

»Ja, da staunen Sie, meine Damen«, schmunzelte der alte Herr. »Es gibt Menschen, die auch ohne Einladung erscheinen.«

»Was ich ganz richtig finde«, lachte Gundis lustig. »Und hier ist unsere Petra.«

»Was mich ungemein freut. Ist das eigentlich nicht zuviel Sonne für Sie, gnädige Frau?«

»Ich kann's vertragen«, kam es launig zurück. »Zieht euch um, ihr Lieben beide, damit der Kaffee nicht kalt wird.«

Gehorsam entfernten sie sich, zwei junge Gestalten voll Rasse und Schneid.

»Bei dem Anblick kann einem wahrlich das Herz im Leibe lachen, Sie sind um Ihre Schützlinge zu beneiden, gnädige Frau.«

»So rosenrot wie es aussieht, ist es nicht immer«, erwiderte sie lachend. »Meine Petra war von jeher ein liebes, folgsames Kind, doch seitdem sie ständig Umgang mit der eigenwilligen Gundis hat, wagt sich auch ihr Trotzköpfchen hervor, das bei allen hier im Hause, eingeschlossen Justizrat Eiwer, den wir zur Familie zählen, leider Unterstützung findet. Nun wollte meine Kleine durchaus ein Reitpferd haben, weil ihre geliebte Gundis eins besitzt. Ich schlug es Petra ab mit der Begründung, daß sie lernen müßte, sich zu bescheiden. Und was geschah? Der gute Onkel Alfred Eiwer tat sich heimlich mit Gundis zusammen, das Reitpferd war plötzlich da, und mir blieb nichts anderes übrig, als den Dreß zu kaufen.«

»Das ist ja köstlich!« lachte Trusebüchen amüsiert. »Da sehen Sie, gnädige Frau, daß man manchmal gegen seine Überzeugung zu handeln gezwungen ist!«

»Leider –« seufzte die Dame. »Und so wird es mir wahrscheinlich noch öfter gehen, weil meine Petra zu starke Verbündete hat, die alle meine Bedenken unbekümmert in den Wind schlagen!«

»Und die wären?«

»Weil Petra ein Mädchen ist, das sich kurz über lang auf eigene Füße stellen muß. Daher darf sie sich mit Gundis nicht vergleichen, deren ferneres Leben schon allein durch die Zugehörigkeit zum Föhrengrund gesichert ist. Dazu kommt noch die Erbschaft der Großtante Cordula. Doch Petra besitzt nur einen Notgroschen, der bei der Berufsausbildung draufgehen wird. Das heißt, solange ich lebe, braucht sie den nicht anzugreifen. Da sorge ich schon für mein Pflegekind. Aber wenn ich sterbe, muß es sich allein weiterhelfen.«

Man merkte dem Gast wohl an, daß er nicht eines Sinnes mit ihr war. Aber er hielt es für angebracht, in Gegenwart der Enkelin seine Meinung für sich zu behalten. Also sprach er mahnend:

»Da siehst du es, Stefanie, wie viel weniger gut es manche Mädchen haben als du. Und doch sind sie vergnügt und guter Dinge, wie es sich für ein so junges Blut gehört.«

»Laß doch deine ewigen Ermahnungen, Großpapa, die mir schon längst auf die Nerven fallen«, entgegnete das Mädchen ungezogen, errötete dann jedoch unter dem erstaunten Blick Frau Gertas und senkte den Kopf. Zu einer Rüge kam der Herr nicht mehr, weil die andern beiden Mädchen auftauchten, bezaubernd anzuschauen in ihren duftigen Sommerkleidern.

»Da sind wir, Muttichen«, sagte Petra fröhlich. »Wir haben einen Bärenhunger.«

»Dann langt nur tüchtig zu.«

Das taten sie denn auch. Es war eine Freude mitanzusehen, wie gut es ihnen schmeckte, während Stefanie unlustig an ihrem Kuchenstück stocherte. Wahrscheinlich wartete sie darauf, daß man sie schmeichelnd zum Essen bitten würde, wie sie es von ihrer Großmutter her gewöhnt war. Aber hier dachte man gar nicht daran, schien ihren mangelndem Appetit überhaupt nicht zu bemerken – selbst der Großvater nicht. Der ließ sie einfach links liegen, hatte nur Augen für die andern beiden Mädchen, was Stefanie schließlich so erbitterte, daß sie aufsprang und rief:

»Ich will nach Hause! Es gefällt mir hier nicht unter so unhöflichen Leuten!«

Erschrocken sahen die drei Lindenhausbewohner zuerst das ungezogene Mädchen an und dann dessen Großvater, dem die Zornesröte in die Stirn stieg. Doch er beherrschte sich eisern und beugte sich über Frau Gertas Hand, die ihn wie hilflos ansah.

»Entschuldigen Sie, gnädige Frau, daß ich es wagte, Ihnen ein so ungezogenes Mädchen ins Haus zu bringen«, sagte er bittend. »Man muß sich ihres unbeherrschten Gebarens ja schämen.«

Dann verabschiedete er sich auch von den andern, griff unsanft nach dem Arm der Enkeltochter und zog sie schnell mit sich fort, daß Frau Gerta, die ihnen aus Höflichkeit das Geleit gab, kaum folgen konnte. Als sie wieder zurückkam, ließ sie sich konsterniert auf den Stuhl sinken.

»Das nennt man den Schreck in die Knochen kriegen, Kinder. Du meine Güte, ist das eine rabiate kleine Person! An der werden die Großeltern noch ihr blaues Wunder erleben.«

»Was der Großmutter nur recht geschähe«, sagte Petra aufgebracht. »Denn wie wir aus den Berichten Gundis wissen, soll sie in ihrer Affenliebe –«

»Petra!« rief die Mutter ärgerlich dazwischen. »Es steht dir jungem Ding nicht zu, die Handlungsweise einer alten Dame so naseweis zu kritisieren! Bezähme dein flinkes Zünglein, damit man nicht auch dich für schlecht erzogen hält.«

»Das tu ich doch nur, wenn wir unter uns sind«, bemerkte sie kleinlaut, und da mußte die Mutter lachen.

»Das ist allerdings eine Beruhigung für mich. Und was ist mit dir, Gundis? Du sagst ja gar nichts.«

»Was soll ich da schon viel sagen, Tante Gerta. Höchstens, daß der alte Herr mir leid tut. Zwar hat er zuerst auch die Abgötterei mitgemacht, aber jetzt geht ihm denn doch sozusagen der Hut hoch. Schade, daß er sich zu Hause so wenig durchsetzen kann.«

Nun, ganz so war es denn doch nicht, wie Gundis annahm. Er setzte sich schon durch, wenn er es für erforderlich hielt. Wie eben jetzt, da er seiner Gattin von dem unerhörten Benehmen Stefanies erzählte. So bitterböse hatte sie ihn noch nie gesehen. Seine geharnischte Rede schloß mit den Worten:

»So geht es mit Stefanie nicht weiter. Wo wir mit ihr hinkommen, blamiert sie uns. Und da wir nicht dazu fähig sind, sie zu erziehen, müssen wir das eben fremden Menschen überlassen. Also kommt sie in ein Pensionat, wo sie auf meine Veranlassung hin kurzgenommen wird.«

»Adalbert!« schrie die Gattin gepeinigt auf. »Das Kind fortgeben heißt für mich, mir das Herz aus der Brust reißen. Bedenke, daß es der Trost unseres Alters ist.«

»Schöner Trost, der einem mit seiner ständig üblen Laune das Leben verdrießt und dessen man sich schämen muß.«

»Adalbert, sei doch nicht so böse«, klagte sie weinerlich. »So wie heute warst du noch nie. Sieh das Kind, wie verstört es aussieht.«

»Verstört? Daß ich nicht lache! Sag lieber vertrotzt. Das Herz tat mir weh, als ich heute die fröhlichen Mädchen vom Lindenhaus sah und mit diesem Griesgram vergleichen mußte.«

»Sie haben auch nicht das mitgemacht wie unser armes Kind.«

»Ach sieh mal an«, lachte er verärgert auf. »Gundis Haiden hat wohl nicht ihre Eltern durch einen tragischen Unglücksfall verloren, wie? Und auch die kleine Petra besitzt keine Eltern mehr.«

»Dafür hat sie aber in Frau Haiden eine liebevolle Pflegemutter, ebenso wie Gundis.«

»Und Stefanie hat uns. Wir tun wahrhaftig alles, um ihr das Leben schön zu machen.«

»Dafür ist sie uns ja auch dankbar. Nicht wahr, mein Herzblatt?«

»Laßt mich jetzt endlich in Ruhe! Der Großpapa kann mich nur nicht mehr leiden, seitdem die beiden Mädchen im Lindenhaus ihn umgarnt haben.«

»Hast recht, mein Kind«, entgegnete er grollend. »Sie gefallen mir bedeutend besser als du, weil sie mit ihrer unbeschwerten Fröhlichkeit Sonne ins Haus bringen, während du mit deiner Griesgrämigkeit und üblen Laune es verdüsterst. Deshalb gefällt es mir überall besser als in meinem Zuhause. Und da ich mir die wenigen Jahre, die ich noch zu leben habe, von dir nicht vergraulen lassen will, werde ich mich möglichst diesem trauten Heim fernhalten.«

Er ging hinaus, und die Gattin drückte weinend das Gesicht in die Hände.

»Hör bloß auf!« hielt Stefanie sich nervös die Ohren zu. »Wenn der Ärger verraucht ist, dann wird der Großpapa schon wieder vernünftig werden.«

»Das glaube ich nicht«, jammerte die Dame. »Denn so verbittert wie heute war er noch nie. Geh ihm nach, mein Kind, und bitte um Verzeihung. Versprich, daß du dich bessern wirst.«

»Fällt mir gar nicht ein«, wehrte sie sich trotzig. »Er soll mir kommen, nicht ich ihm.«

Allein, darauf sollte sie lange warten. Denn tatsächlich hielt der Großvater sich nicht mehr so viel zu Hause auf wie früher. Und war es der Fall, betrachtete er die Enkeltochter als Luft.

Unter alledem litt Frau Blandine sehr. Und in ihrem Kummer tat sie ungewollt das, was ihrer verzogenen Enkelin nur dienlich sein konnte: Sie reagierte auf deren Launen nicht mehr so ausschließlich. Auch nicht auf die Tränen, mit denen die kleine Egoistin das Herz der Großmutter bisher rührte. Es kam sogar vor, daß sie unwillig darüber wurde.

Der Gatte merkte das alles wohl und lachte in sich hinein. Seine gute Blandine würde schon langsam dahinter kommen, wie verkehrt ihre gütige Nachsicht dem rabiaten Persönchen gegenüber war. Schade, er hätte schon früher energisch durchgreifen müssen, dann wären ihm und der Gattin viele trübe Stunden erspart geblieben.

*

»Wie ist es, Blandine, wollen wir zu deinem Geburtstag nicht Gäste einladen?« fragte eine Woche später der Gatte, und sie sah ihn erschrocken an.

»Aber Adalbert, bedenkst du gar nicht, daß wir in Trauer um Sohn und Schwiegertochter leben?«

»Das werden wir wohl immer, aber deshalb können wir uns nicht ganz von der Welt abschließen. Wir brauchen ja nicht in

Saus und Braus zu feiern, sondern den Tag ein wenig festlich begehen. Bedenke, daß es dein sechzigster Geburtstag ist und du nicht weißt, wie oft einen zu feiern dir noch vergönnt ist.«

»Und wen sollen wir einladen?«

»Die vom Föhrengrund, die aus dem Lindenhaus und Justizrat Eiwer, weil er dort zur Familie gezählt wird.«

»Werden sie auch kommen?«

»Warum denn nicht?«

»Weil sie fürchten könnten – daß unsere Stefanie –«

». . . sich vorbeibenehmen könnte«, sprach er trockenen Tones weiter, als sie verlegen schwieg. »Ich glaube nicht, daß die Menschen so kleinlich sind uns abzutun, weil wir eine ungezogene Enkeltochter haben. Ich werde sie einfach aus dem Zimmer schicken, wenn sie sich ungehörig betragen sollte.«

»Das sollst du nur wagen, Großpapa!«

»Hast du eine Ahnung, was ich in meinem Hause alles wagen darf, mein liebes Kind. Laß dir dies zur Warnung dienen: Ich fackele nicht mehr lange.«

Laut weinend lief sie hinaus, und die Großmutter fragte bekümmert:

»Tut dir das Kind denn gar nicht leid, Adalbert?«

»Nein, Blandine, auch nicht ein bißchen. Schlimm genug, daß wir uns so lange von einem sechzehnjährigen Gör geduldig unterjochen ließen und ihm damit keinen Gefallen taten. Denn was soll ein so verzogenes Mädchen wohl anfangen, wenn wir beide wegsterben. Einem guterzogenen Menschen wird niemand sein Haus verschließen, wohl aber einem, der durch Unmanierlichkeit auf die Nerven fällt. Also würde Stefanie allein dastehen, wenn sie so bliebe, wie sie jetzt ist.«

»Daran habe ich noch gar nicht gedacht«, entgegnete sie betroffen. »Aber wir sind ja noch so gesund und rüstig –«

»Und doch kann rasch das Ende kommen – und wenn durch eine tückische Krankheit oder Unglücksfall. Also müssen wir danach trachten, Freunde zu gewinnen, die sich der Kleinen annehmen, falls sie einmal verlassen dastehen sollte.«

»Vielleicht heiratet sie jung, Adalbert.«

»Rechne doch damit nicht, Blandine. In dieser Gegend findet sie bestimmt keinen Mann. Glaube nur, daß es sich schon längst herumgesprochen hat, welch ein unmögliches Mädchen die Stefanie Trusebüchen ist.«

»Adalbert, das wäre ja blamabel!« rief sie entsetzt, und er nickte.

»Eben. Daher muß die Kleine stramm genommen werden, solange es noch nicht zu spät ist. Ich weiß, Fraule, es fällt dir schwer. Aber denke daran, daß du damit dem Kind den größten Gefallen tust.

Vor allem sei lieb zu den beiden Mädchen aus dem Lindenhaus, damit sie nicht unser Haus meiden. Denn von dem Umgang mit ihnen verspreche ich mir für Stefanie nach wie vor viel. Sei nicht gleich beleidigt, wenn sie jeder Ungezogenheit contra geben. Denn gefallen lassen die sich nichts, was sie ja auch nicht nötig haben. Schmieden wir mit ihnen ein Komplott, und du sollst mal sehen, wie nützlich wir damit unserm Kind sind.«

Also lud man die Erwähnten zum Geburtstag Frau Blandines ein, und gern kamen sie der Einladung nach. Es war das erste Mal, daß die Hagelungen mit Frau Gerta direkt zusammentrafen und gleichzeitig ihre Pflegetochter in Augenschein nahmen. Man war unangenehm berührt, den »Außenseitern« in diesem exklusiven Hause zu begegnen. Gleichfalls dem Justizrat, dem man durchaus nicht gewogen war. Doch es blieb ihnen nichts anderes übrig, als gute Miene zu machen, wollte man die gesellschaftliche Höflichkeit nicht außer acht lassen.

Der Hausherr merkte das Befremden wohl und freute sich. Denn wie konnte er die beiden fast feindlichen Parteien wohl leichter einander näherbringen, als wenn er sie an einen Tisch setzte? Und zwar führte er die Gräfin Beatrice, Graf Konrad die Hausherrin, der Justizrat Lolith und Argulf Frau Gerta. Die drei Mädchen setzte man zusammen, Stefanie in die Mitte.

Zuerst schleppte sich die Unterhaltung nur gezwungen dahin. Doch nachdem der vorzügliche Tischwein seine Wirkung tat, wurden die Zungen lockerer. Nur Lolith tat sehr gnädig, was den Justizrat absolut nicht störte.

Unter den drei jungen Mädchen ging es bald vergnügt zu.

Hauptsächlich Petra schwatzte auf Stefanie ein, ohne sich von ihrer Reserviertheit abschrecken zu lassen. Und da sie bei Gundis gute Unterstützung fand, bequemte Fräulein Griesgram sich endlich, die hoheitsvolle Haltung zu lockern. Es lachte sogar ab und zu, was Musik für die Ohren der Großeltern bedeutete.

»Ihr Töchterchen ist reizend«, sprach die Hausherrin zu Frau Gerta, die ihr gegenüber saß. »Ich wünschte, unser Kind wäre ebenso.«

»Überlassen Sie es nur meinen beiden muntern Zeisigen, gnädige Frau«, entgegnete sie herzlich. »Dann wird das Enkeltöchterchen von deren Übermut bald mitgerissen.«

»Möchte nur wissen, was die kleine Dame Petra auf unsere Kleine für eine Attacke hat«, schmunzelte der Gastgeber. »Wollen mal hinhören.«

An der oberen Ecke der Tafel trat Stille ein, und so konnte man deutlich Petras Worte verstehen:

»Wenn es danach gehen soll. Ich habe bis vor kurzem noch Angst vor einem Pferd gehabt, und jetzt sitze ich bereits darauf wie in einem Sessel.«

»Übertreiben kannst du gar nicht«, lachte Gundis hellauf. »Aber es stimmt schon, was Petra sagt, Stefanie. Wenn du schon als Kind im Sattel saßest, wie ich von deinem Großvater hörte, mußt du dich doch wunderbar in ihm behaupten können, auch wenn du ein Jahr lang das Reiten ausgesetzt hast. Das verlernt man doch nie.«

»Bravo –« klatschte der Hausherr Beifall und lachte herzlich über die verblüfften Gesichter der drei Mädchen, die sich ganz unbelauscht glaubten. »Ich sehe schon, meine jungen Damen, daß es Ihnen gelingen wird, Stefanie aufs Pferd zu bekommen.«

»Und wie das gelingt, Exzellenz«, gab Gundis mutwillig Antwort. »Aber nett kann ich es nicht finden, unser Gespräch zu belauschen. Es sollte eine Überraschung werden, wenn Stefanie hoch zu Roß erscheint.«

»Und woher will man das nehmen, hm?«

»Petra tritt ihres ab.«

»Nicht erforderlich, kleine Gundis. Das Reitpferd Stefanies, das sie schon früher ritt, steht im Stall.«

»Und dann reitest du nicht?« fragte das Mädchen perplex. »Na so was! Tut dir das arme Tier denn nicht leid, das so herumstehen muß?«

»Es wird jeden Tag von dem Stallburschen bewegt. Und jetzt laß mich in Ruhe.«

Das klang schon wieder ungezogen, was Gundis jedoch nicht beeindruckte.

»Na schön«, meinte sie friedfertig. »Halten wir den Mund, Petra.«

»Jawohl, Gundis.«

Man lachte herzlich über die beiden Mädchen und unterhielt sich dann wieder mit einer gewissen Reserve, die alles Persönliche ausschloß, wenigstens soweit es die beiden Parteien betraf. Denn die Gastgeber waren zu allen Gästen gleich liebenswürdig.

Als man nach dem Essen in einem behaglichen Gemach zwanglos beisammen saß, sagte der Hausherr bedauernd:

»Es tut mir leid, daß für vier Damen nur ein Tanzpartner vorhanden ist; denn wir älteren Semester zählen ja nicht.«

»Es muß ja nicht immer gleich getanzt werden, Exzellenz«, sagte Petra treuherzig. »Wir vertreiben uns auch so die Zeit, nicht wahr, Gundis?«

»Natürlich, du spielst und singst uns etwas vor.«

»Ich?« fragte die Kleine entsetzt. »Das würde eine schöne Katzenmusik werden. Gib du doch etwas zum besten.«

»O weh, lieber nicht.«

»Es ist doch immer dasselbe«, lachte Graf Konrad. »Einer schiebt es auf den andern. Wer meldet sich nun freiwillig?«

Lolith tat es, weil sie sich gern hörte. Ihr Vortrag war auch gewiß nicht schlecht, nur ihr ein wenig schriller Sopran nicht jedermanns Sache. So machte Stefanie auch ein wehleidiges Gesicht – aber sie schwieg, was die Großeltern erleichtert aufatmen ließ. Den Beifall, den man spendete, nahm Lolith gnädig entgegen und musizierte mit Inbrunst weiter, bis Stefanie, die sich heute wirklich gutgezogen benahm, Gundis verstohlen ihren Arm hinhielt, der Gänsehaut zeigte. Es zuckte verdächtig um aller Mund, und Lolith sang, sich selbst berauschend, weiter. Wer sollte es ihr auch verbieten? So taktlos benahm sich keiner.

So griff Stefanie denn zur Selbsthilfe, schlich davon, als man erneuten Beifall spendete und so nicht auf sie achtete. Sie kam auch nicht zum Vorschein, als die Musizierende endlich Schluß machte. Man plauderte noch ein Stündchen, dann brach man auf.

»Wo mag nur das Kind geblieben sein?« sagte Frau Blandine beunruhigt, als sie mit dem Gatten allein war. »Wie peinlich, daß sie so lautlos verschwand.«

»Besser, als wenn sie ungezogene Bemerkungen gemacht hätte, Fraule. So war sie einfach fort und wurde nicht weiter vermißt. Sicherlich ist sie in ihrem Zimmer.«

So war es. Stefanie lag auf dem Diwan und sah dem Großvater trotzig entgegen.

»Schilt so viel du willst, aber es war mir nicht möglich, das Gequieke noch länger zu ertragen. Ich streite gar nicht ab, daß Gräfin Lolith schön singt – aber mir geht der Gesang auf die Nerven.«

Perplex schaute sie auf den Mann, der lachend sagte:

»Gänsehaut hast du bekommen, mein armes Kind. Laß gut sein, ich bekam sie auch. Trösten wir uns damit, daß wir von Kunst nichts verstehen.«

*

Zuerst hielt Gundis es für ein Hirngespinst ihrerseits, aber so nach und nach mußte sie zu der Erkenntnis kommen, daß im Familienkreis der Hagelungen verschiedenes anders geworden war. Es ließ sich noch nicht einmal klar ausdrücken, sondern nur gefühlsmäßig erfassen – aber man war irgendwie vor irgend etwas auf der Hut.

Lolith ließ sich in letzter Zeit aber auch gar zu sehr gehen, was für die drei beherrschten Menschen allein schon genügte, Mißfallen zu erregen. Sie war leicht gereizt, manchmal sogar hochfahrend, dann wieder von einer überströmenden Herzlichkeit, sanft und nachgiebig.

Sollte sie etwa –?

Nein, dann hätte man ihr wetterwendisches Wesen mit lächelnder Nachsicht ertragen – und das schien man durchaus nicht zu tun.

Was mochte es also sein, daß man der jungen Frau, die bei ihren Schwiegereltern bisher sozusagen Schoßkind gewesen war, plötzlich mit so kühler Zurückhaltung gegenüber stand?

Nun, darüber wollte Gundis sich nicht erst den Kopf zerbrechen, weil sie doch nicht dahinter kommen würde – höchstens durch Zufall.

Und der sollte sogar recht bald eintreten. Denn an einem Tag im August, als Gundis in der ersten Etage des Föhrengrunder Schlosses über den dicken Teppichläufer schritt, um nach ihrem Zimmer zu gelangen, öffnete sich eine der hohen, geschnitzten Flügeltüren, und Lolith stand auf der Schwelle, sah sich nach allen Seiten spähend um und sagte dann hastig:

»Ich habe schon ungeduldig auf dich gewartet, Gundis. Tritt ein, ich muß mit dir sprechen.«

»Ich wüßte nicht –«

»Mach doch keine Mätzchen! Komm schon.«

Nervös griff sie nach dem Arm des zögernden Mädchens, zog es ins Zimmer und schloß leise die Tür.

»Na nun mal hoppla«, fand Gundis endlich die Sprache wieder. »Was verschafft mir die Ehre, dein Boudoir betreten zu dürfen?«

»Du mußt mir helfen – und zwar mit Geld.«

Verdutzt sah Gundis ihr Gegenüber an und lachte dann hellauf.

»Das nennt man mit der Tür ins Haus fallen.«

»Lach nicht so albern«, wurde sie schroff verwiesen. »Die Klemme, in der ich stecke, ist bitter ernst. Es geht hier um unsern guten Namen.«

»Unsern –?« dehnte Gundis. »Ich heiße Haiden und habe mir diesen Namen oft genug in höhnischer Weise von dir vorhalten lassen müssen.«

»Laß jetzt die Spitzen, hilf mir lieber, die ich mir nicht mehr zu helfen weiß. Ich habe heute nämlich einen ganz unverschämten Wisch bekommen.«

»Von deinen Gläubigern?« fragte Gundis geradeaus dazwischen, und die andere zuckte zusammen.

»Wie kommst du darauf?«

»Weil ich von deinen Schulden weiß.«

»Und weshalb hast du mir das nicht schon früher gesagt?«

»Weil mich das nichts angeht.«

»Jetzt aber sehr, da du mir Geld geben mußt. Die Kanaillen haben doch tatsächlich gedroht, mir einen Zahlungsbefehl zu schicken.«

»Auf diese Blamage brauchst du es erst gar nicht ankommen zu lassen, wenn du deinem Mann die Schulden beichtest.«

»Hör mit deinen Ratschlägen auf!« fuhr Lolith sie erbost an. »Du scheinst Argulf nicht zu kennen, sonst würdest du nicht solchen Unsinn schwatzen. Der kriegt es fertig, mich aus dem Hause zu jagen, weil ich seinen Grundsätzen zuwiderhandelte, die da sind: Sobald seine Frau Heimlichkeiten vor ihm hat, ist sie für ihn erledigt. Ferner: Man darf nie mehr Geld ausgeben, als einem zur Verfügung steht. Wer Schulden macht, ohne es nötig zu haben, ist ein minderwertiges Glied der Menschheit. Und was sagst du nun?«

»Daß es dann böse für dich aussieht. Wer von deinen Gläubigern drängt dich am meisten?«

»Holling.«

»Dann suche ihn auf und bitte um weitere Stundung.«

»Darauf geht er bestimmt nicht ein, weil ich – – nun, weil ich mich mal einer Bekannten gegenüber abfällig gegen sein Geschäft äußerte – und Holling das zu Ohren kam –

Und jetzt sag bloß nicht noch: Aber Lolith, wie konntest du – damit würdest du mich einfach rasend machen. Gib mir tausend Mark und laß mich in Ruhe.«

»Für eine Bittstellerin schlägst du einen merkwürdigen Ton an«, erwiderte Gundis ironisch. »Aber an den bin ich bei dir längst gewöhnt und mache mir daher nichts mehr draus. Willst du mir nicht verraten, woher ich die immerhin beachtliche Summe nehmen soll?«

»Du hast doch geerbt.«

»Allerdings. Aber bis ich mündig bin, wird das Geld von meinem Vormund verwaltet. Davon erhalte ich monatlich einen bestimmten Betrag, der gerade ausreicht, um meinen

Lebensunterhalt davon zu bestreiten.«

»Kannst du deinem Vormund nicht sagen, daß du Schulden hast?«

Zuerst starrte Gundis die junge Frau verblüfft an, doch dann lachte sie hellklingend und amüsiert.

»Entschuldige, Lolith, aber ich finde dein Ansinnen einfach köstlich. Ausgerechnet für dich sollte ich mich so arg in die Nesseln setzen?«

»Du bist boshaft!«

»Mag sein, aber keiner kann aus seiner Haut heraus. Das müßtest du selbst am besten wissen.«

»Also willst du mir nicht helfen?«

»Und wenn ich das edelmütigste Geschöpf wäre, das nach einem Backenstreich auch noch die andere Wange hinhält.

Halt, nicht handgreiflich werden«, hielt sie eisern die Fäuste fest, die auf ihr Gesicht zielten. »Mit den Ohrfeigen habe ich es nur bildlich gemeint. Aber ich würde sie sogar geduldig einstecken, wenn dir damit geholfen wäre.

Und nun laß ab von deinem Zorn. Ich würde dir tatsächlich helfen, wenn ich es könnte. Doch tausend Mark sind nun nicht etwas, das sich einfach aus dem Ärmel schütteln läßt. Sei nicht feige, Lolith, und sprich mit Argulf. Er liebt dich doch.«

»Eben nicht«, lachte die Frau erbittert dazwischen. »Und wenn, würden seine starren Grundsätze immer noch über seine Liebe gehen. Überhaupt – er liebt nur sich selbst, mein Herr Gemahl. Eine Frau kann wohl seine Sinne berühren, aber niemals sein Herz, weil er keins hat. Mit mir jedenfalls war er gleich nach der Hochzeitsreise fertig.«

Von dieser Eröffnung war Gundis denn doch betroffen. Da hatte sie immer angenommen, daß die Gatten in schönster Harmonie lebten – und nun dies.

Das war ja kaum zu glauben!

»Ja, warum hat er dich denn eigentlich geheiratet, Lolith?«

»Weil ich ihm ganz gut gefiel, weil mit Herkunft und so alle Voraussetzungen erfüllt werden konnten und weil er einen Erben haben muß. Aber wo soll der wohl herkommen – wenn –

Ach was, er ist eben ein brutaler Egoist«, schluchzte sie auf, und da ging das gute Herz mit Gundis durch.

»Hör mal zu, Lolith«, sagte sie mitleidig. »Ich will versuchen, das Geld aufzutreiben –«

»Nicht erforderlich«, kam es von der Tür her, in der Graf Argulf stand – ganz nonchalant, die Hände in den Hosentaschen, in den Augen ein gefährliches Glitzern.

»Argulf!« schrie die Gattin auf. »Wo kommst du her? Ich sah dich doch vom Hof reiten.«

»Man kann ja auch umkehren, weil man was vergessen hat«, erklärte er ironisch. »Du siehst, meine liebe Lolith, daß man vor Lauschern nirgends sicher ist. Sie sind da, wenn man sie fern glaubt, wie meine Anwesenheit schlagend beweist. Jedenfalls habe ich die interessante und sehr aufschlußreiche Unterredung von Beginn an Wort für Wort gehört.«

»O du Scheusal!« stand Lolith nun wutzitternd vor ihm. »Ich hasse dich, hasse dich wie die Sünde!«

»Besten Dank –« musterte er sie unter halbgeschlossenen Lidern hervor, was seinem Antlitz einen ungemein verächtlichen Ausdruck gab. »Trotzdem werde ich feurige Kohlen auf dein Haupt sammeln, weil ich mich von der kleinen Gundis nicht beschämen lassen will, die deine – Schulden zu bezahlen bereit ist. Lege die ominösen Mahnungen auf meinen Schreibtisch, damit ich sie erledigen kann –

Aber –« und hier peitschte seine Stimme auf. »Laß es dir gesagt sein, daß es zum ersten und letzten Mal geschieht. Denn ich habe keine Lust, mich von der Verschwendungssucht meiner Frau ruinieren zu lassen. Nimmst du meine Worte nicht ernst, wirst du die Konsequenzen tragen müssen.«

Er ging, und man hörte ihn mit Nachdruck die Tür im Nebenzimmer schließen. Lolith schrie auf in ohnmächtiger Wut, und Gundis packte das Grauen. Sie hastete wie gehetzt davon und ließ sich in ihrem Zimmer in einen Sessel sinken.

Da haben wir die Bescherung, dachte sie schaudernd. Ich möchte in Loliths Haut nicht stecken, um alles nicht! Wenn der Mann getobt hätte, das wäre verständlich gewesen. Aber diese eisige Ruhe und Kälte, dabei kann einem ja das Herz im Leibe erfrieren.

Die zitternde Rechte griff in die Tasche der Reithose, holte

Zigaretten hervor, steckte eine davon in Brand, und noch während der blaue Rauch kräuselnd in die Luft stieg, erschallte unten der Gong, der zum Mittagessen rief. Hastig drückte Gundis den Rest der Zigarette in die Schale, zog sich mit flatternden Händen um, bürstete das Haar und stand schon hinter dem hohen Lehnstuhl, als Graf Konrad mit seiner Gattin das Speisezimmer betrat.

»Da bist du ja, Gundis«, sagte ersterer freundlich. »Du siehst blaß aus, ist dir nicht gut?«

»Doch, Onkel Konrad –«

In dem Moment erschien der junge Graf, gleichmütig, gelassen, als wäre alles in schönster Ordnung.

»Lolith läßt sich entschuldigen. Sie hat Migräne.«

»Schon wieder mal?« fragte der Vater spöttisch. »Nun, an den Zustand ist man beinahe schon gewöhnt! Essen wir ohne sie.«

Man nahm Platz und speiste mit Behagen, während Gundis an jedem Bissen fast würgte. Wenn ihr bei ihrer sorgfältigen Erziehung auch eingeimpft war, daß Selbstbeherrschung das erste Gebot des Lebens ist, so gelang es ihr dennoch nicht immer, die Maske des Gleichmuts zu tragen, wenn ihr kurz vorher ein gehöriger Schreck in die Glieder gefahren war. Dazu mußte sie wohl noch älter werden, ihr Herz durch die Kelter des Schmerzes, der Enttäuschung und der Resignation gegangen sein, um sobald nichts wichtig zu nehmen. Verstohlen musterte sie den jungen Grafen, der wie die Gelassenheit in Person dasaß, während in ihr die Erregung noch immer nachklang. Dabei ging sie die Auseinandersetzung, die Argulf mit seiner Frau gehabt, gar nichts an. Wie konnte er nur so gleichgültig darüber hinweggehen, was anderen Ehemännern zum mindesten Ärger und Verdruß bereitet hätte.

Ganz unerwartet sah er sie an, spöttisch, belustigt.

»Was du jetzt denkst, das ist falsch, kleine Gundis. Zerbrich dir daher dein Köpfchen nicht.«

»Seit wann kannst du denn Gedanken lesen, Argulf?« fragte der Vater verblüfft. »Und worüber soll Gundis sich ihr Köpfchen nicht zerbrechen?«

»Unser Geheimnis. Nicht wahr, Kleine?«

»Das sollte mir einfallen, ein Geheimnis mit dir zu haben«, konnte sie jetzt schon wieder lachen. »Ausgerechnet mit dir. Nein, mein Lieber, Männern deiner Art geht man am besten in großem Bogen aus dem Wege.«

»Eine so schlechte Meinung hast du von mir?«

»Du wirst lachen, ich habe überhaupt keine.«

Sie atmete auf, als die Tafel aufgehoben wurde; denn Argulfs Bemerkungen waren ihr unbehaglich. Wie gewöhnlich nach Tisch entfernte sie sich gleich, während die andern in dem nebenan liegenden lauschigen Gemach den Mokka tranken. Als die Täßchen halb gefüllt vor ihnen standen, sah der Vater den Sohn forschend an.

»Was hatte deine Bemerkung vorhin zu bedeuten, Argulf?«

»Nichts anderes, als daß die Kleine wirklich ein Geheimnis mit mir teilt, das ich jetzt allerdings lüften werde.«

Als die Eltern es wußten, waren sie aufs peinlichste berührt.

»Was wirst du tun?« fragte der Vater kurz.

»Die Schulden bezahlen«, kam es ebenso kurz zurück.

»Und wenn sie neue macht?«

»Dagegen werde ich mich zu schützen wissen.«

»Also ist es doch wahr, was Gundis damals sagte«, sprach Frau Beatrice bedrückt. »Dann haben wir uns vielleicht versündigt –«

»Nicht vielleicht, sondern ganz bestimmt, Mutter. Ich habe Loliths Einflüsterungen nie getraut.«

»Und weshalb gabst du uns das nicht zu verstehen, mein Junge?«

»Liebe Mama, ich stecke mich nicht gern in Dinge, die mich nichts angehen. Ich habe nur beobachtet, geprüft, erwogen und gestaunt. Und zwar über deine und Vaters Menschenkenntnis, die euch hier gehörig im Stich ließ.«

»Deubel noch eins«, fuhr sich Graf Konrad in den Kragen. »Da heißt es jetzt aber gutmachen, Beatrice.«

»Wenn es dazu nicht schon zu spät ist, Vater. Bedenke, daß Gundis sich bereits von uns gelöst hat. Wären die beiden befohlenen ›Pflichttage‹ in der Woche nicht, wie die kleine Spottdrossel sie so treffend nennt, da sähen wir sie hier gewiß nicht wieder.«

»Da hast du recht, mein Junge«, sagte die Mutter bekümmert. »Mir hat der Zwang, den du auf Gundis ausübtest, schon immer nicht gefallen, Konrad. Vielleicht wäre es besser, wenn du ihr die ›Pflichttage‹ erließest.«

»Fällt mir gar nicht ein. Nennt mich meinetwegen einen Narren, aber mein Herz hängt nun einmal an dem nichtsnutzigen Gör. Da werde ich den Kuckuck tun, mich um dessen zeitweilige Gegenwart hier zu bringen. Ich könnte mich ohrfeigen, daß ich so blöd war, auf Loliths Einflüsterungen hereinzufallen. Nun, für mich ist die scheinheilige Person ein für allemal erledigt. Ich würde dir raten, mein Sohn, die Scheidungsklage einzureichen.«

»Dazu habe ich vorläufig noch keinen triftigen Grund, Vater. Daß sie hinter meinem Rücken Schulden macht, nun, das tun viele Frauen. Und daß Gundis ihr hier stets im Wege war, ist menschlich verständlich. Lolith gehört eben zu den Menschen, die keine Götter neben sich dulden mögen. Das liegt in ihrem Charakter.«

»Ja, wenn du es so auffaßt, dann wohl dir, mein Junge. Ich jedenfalls könnte mit so einer Frau nicht zusammenleben. Das kommt wohl daher, daß meine Ehe auf Glauben und Vertrauen aufgebaut wurde und durch dreißig Jahre auch so geblieben ist.«

»So gut geht's eben nicht allen Ehemännern«, entgegnete der Sohn achselzuckend. »Und nun tut mir den Gefallen, euch Lolith gegenüber nichts anmerken zu lassen. Ich nehme an, daß mein plötzliches Auftauchen während ihrer Unterredung mit Gundis sie so klein und häßlich gemacht haben wird, wie es Sündern zukommt.«

»Das walte Gott, mein Sohn. Aber so recht glaube ich nicht daran.«

*

Und damit sollte Graf Konrad recht behalten. Denn wie eine reuige Sünderin benahm Lolith sich wirklich nicht. Strahlend vor froher Laune erschien sie am nächsten Morgen zum Frühstück, umschmeichelte die Schwiegereltern und tat so, als ob sie kein Wässerchen trüben könnte.

Sie hatte ja auch allen Grund, vergnügt zu sein. Bezahlte der Gatte doch ihre Schulden, die sie am meisten gedrückt. Als er sie fragte, ob sie noch mehr hätte, antwortete sie mit einem feigen Nein, wo vielmehr ein mutiges Ja am Platz gewesen wäre. Denn es gab in der Stadt noch mehrere Geschäfte, wo in den Büchern ihr Name im »Soll« stand. Das nahm sie jedoch nicht weiter tragisch, weil sie fest entschlossen war, den größten Teil ihres Nadelgeldes, das ihr pünktlich am Ersten zugestellt wurde, löblich anzuwenden und Schulden zu bezahlen.

Daher sah sie zuversichtlich in die Zukunft und stürzte hart aus dieser Zuversicht, als der Gatte ihr am ersten September das Nadelgeld mit folgenden Worten überreichte:

»Es ist diesmal nur die Hälfte des Üblichen, Lolith, und wird es so lange sein, bis die Summe, die ich dir zur Schuldenabzahlung vorstreckte, abgetragen ist.«

Zuerst stand sie wie erstarrt, dann fing sie an zu betteln, zu schmeicheln. Als das nichts half, tobte sie – doch sie hätte eher einen Fels lockern können, als die Grundsätze dieses harten, unerbittlichen Mannes.

»Du bist ein Unmensch, ein Tyrann!« schrie sie empört. »Wie soll ich mit dem Bettel auskommen?«

»Dieser Bettel ist immerhin so viel, daß mit ihm ganze Familien auskommen müssen – und es teilweise sogar recht gut tun«, entgegnete er in einer Gelassenheit, die sie immer mehr in Harnisch brachte. »Ich weiß sehr wohl, wieviel Geld eine Frau haben muß, um sich elegant kleiden zu können, worauf ich übrigens Wert lege. Gehab dich wohl, mein Kind. Du siehst mich erst dann wieder, wenn du ausgetobt hast.«

In aller Seelenruhe ging er davon, und Lolith warf sich wutentbrannt auf den Diwan. So ein Scheusal! Wenn sie sich doch nur an ihm rächen könnte! Aber was sie auch unternehmen wollte, es würde ja doch alles an seinem unerschütterlichen Gleichmut abprallen.

Und was nun? Nun saß sie fest. Am liebsten wäre sie ihm nachgelaufen und hätte ihm die paar lumpigen Scheine hohnlachend vor die Füße geworfen. Aber leider konnte sie sich das nicht leisten.

Die Zornestränen versiegten – und wie es bei solchen Menschen üblich ist, die der Verschwendungssucht verfallen sind, brannte ihr das Geld förmlich in der Hand. Sie fuhr zur nahen Stadt, sah in den Schaufenstern die herrlichsten Herbstmoden.

Und schon verschwand sie im Geschäft. Aber nicht in einem, wo sie Schulden hatte, das zu betreten war ihr denn doch zu peinlich. Also bewahrheitete sich wieder einmal der Ausspruch, dem so mancher Kaufmann wehmütig nachsinnen kann: Borgen ist ein zweifach Pech, die Ware fort, die Kunden »wech«.

Das Geschäft, das Lolith zum erstenmal betrat, entpuppte sich als wahres Eldorado – und als sie es verließ, hatte sie nicht nur ihr Geld restlos ausgegeben, sondern auch noch Schulden gemacht. Somit war und blieb diese Frau ein hoffnungsloser Fall. Nun ja: Der Geist ist willig, aber das Fleisch ist schwach – um mit der Bibel zu sprechen.

Strahlendster Laune erschien sie denn zum Abendessen in einem neuen Herbstkleid, obwohl die Luft noch sommerlich warm war. Immer wieder behauptete sie, daß dieses modische Gebilde spottbillig wäre, fast wie geschenkt. Ob man ihr glaubte, ließ sich nicht ergründen. Man lächelte und – schwieg.

Am nächsten Tage beim Mittagsmahl, an dem auch Gundis teilnahm, wurde die zweite neueste Errungenschaft vorgeführt. Die Sonne lachte durch die weitgeöffnete Terrassentür, die Vöglein jubilierten in den strahlenden Sonnenhimmel hinein – und Lolith war gekleidet wie im Winter. Pullover aus Angorawolle, bis zum Hals geschlossen, ein knapper Rock aus dickem Samt. Beides kleidete die junge Frau vorzüglich – aber alles zu seiner Zeit.

»Sag mal, Lolith, schwitzt du eigentlich nicht?« fragte Gundis, die gleichfalls wie Frau Beatrice ein Sommerkleid trug, verwundert. »Ich jedenfalls würde bei achtzehn Grad im Schatten bei der Equipierung umkommen.«

O weh, das hätte sie nicht sagen sollen. Das kam der andern empfindlich in die falsche Kehle. Kein Wunder, wenn man Entzücken erwartet und statt dessen auf Befremden stößt. Es war kein freundlicher Blick, der zu der Fragerin hinging.

»Du bist eben keine Dame von Welt«, wurde sie herablassend belehrt, was sie auch gar nicht abstritt. Was ging sie das an? Ihretwegen mochte die junge Gräfin sich in einen Pelz hüllen, sie brauchte dabei ja nicht zu schwitzen.

Nach dem Essen zog sie sich um, ließ ihr Pferd satteln und ritt frohgemut davon. Wenn der Wind erst über die Stoppeln weht, dann ist der Herbst nicht mehr fern – schoß es ihr durch den Sinn, als sie über die abgemähten Getreidefelder schaute. Wievielmal hatte sie das im Föhrengrund schon erlebt? Fünfmal. Und wie oft mußte sie es noch, bis sie mündig wurde? Zweimal. Denn sie war vor einigen Tagen neunzehn Jahre alt geworden. Zum Glück waren die Föhrengrunder an diesem Tag verreist gewesen, und sie hatte ihn im Kreis ihrer Lieben begehen können. Wunderschön war es gewesen. Lauf, mein Pferdchen, lauf, wie herrlich ist das Leben!

Doch lange trabte der muntere Gaul nicht dahin, dann wurde er von einem andern eingeholt und stand nun still, um seinen Artgenossen laut wiehernd zu begrüßen.

»Argulf, du?« fragte Gundis gedehnt. »Wo kommst du denn her?«

»Komische Frage«, erwiderte er lachend. »Ich befinde mich immerhin auf meinem Grund und Boden.«

»Das sehe ich. Aber um diese Zeit pflegst du doch zu faulenzen.«

»Sonderbare Bezeichnung für das, was man für gewöhnlich wohlverdiente Mittagsruhe nennt. Soll ich dir etwa lang und breit auseinandersetzen, warum ich heute eine Ausnahme in meiner Gewohnheit mache?«

»Nein, das interessiert mich nicht. Auf Wiedersehen, ich hab's eilig. Man erwartet mich.«

»Nanu, hast du am Ende gar ein Rendezvous?«

»Und wenn ich eins hätte, dürfte es dir doch wohl egal sein.«

»Aber deinem Vormund nicht.«

»Na wenn schon. Verbotene Früchte schmecken süß.«

Ehe er zu einer Antwort kam, ritt sie schon lachend davon. Langsamer folgte er ihr, da er den gleichen Weg hatte, und wurde so Zeuge der Begrüßung dreier Reiterinnen.

»Da bist du ja«, sagte Petra fröhlich. »Und zwar pünktlich.«
»Beinahe hätte es nicht geklappt, weil der junge Graf mich aufhielt. Tag, Stefanie. Wie nett, daß du dich doch trotz allen anfänglichen Widerstrebens dazu entschlossen hast, einen längeren Ausflug hoch zu Roß zu unternehmen.«

»Sie wollte zwar nicht, aber sie mußte, weil ich ihr arg zusetzte«, erklärte Petra vergnügt. »Schau mal, wie prächtig sie im Sattel sitzt. Ich blutjunge Anfängerin könnte vor Neid erblassen. Und nun zeig uns die Schönheiten des Föhrengrundes, wie du es versprachst. Aber sehe ich recht? Graf Hagelungen –«

»In Lebensgröße, mein gnädiges Fräulein«, zügelte er sein Pferd. »Wundern Sie sich etwa auch, mich auf meinem Besitz anzutreffen, wie Gundis es vorhin tat?«

»Wundern zwar nicht – aber eine Überraschung ist es schon«, gab Petra unumwunden zu. »Wir wollten uns nämlich heimlich still und leise den vielgepriesenen Föhrengrund ansehen.«

»Das können die Damen auch offenkundig tun. Darf ich Ihr Führer sein?«

»Hast du denn Zeit, Argulf?«

»Eigentlich nicht, Gundis. Aber es ist zu verlockend, drei so reizende Amazonen begleiten zu dürfen. Außerdem kann ich Stellen zeigen, die dir unbekannt sind.«

»Na, nun wird's Tag! Jedes Winkelchen kenne ich im Föhrengrund.«

»Abwarten. Bitte, meine Damen, reiten wir. Aber möglichst Schritt, weil wir dann mehr von der Natur haben.«

Die Straße war so breit, daß die vier Pferde nebeneinander Platz fanden. Diese langsame Gangart gefiel den Rassegäulen zwar nicht, aber unter Faust und Schenkel mußten sie sich fügen. Selbst Petra gelang es schon ganz gut, ihr munteres Roß nach ihrem Willen zu zügeln.

»Sie sind in der kurzen Zeit Ihrer Reiterei schon prächtig vorangekommen, mein gnädiges Fräulein«, lobte Argulf, der an ihrer Seite ritt, und sie lachte.

»Ich habe ja auch eine strenge Lehrmeisterin. Was meinen Sie wohl, Herr Graf, wie ich in der ersten Zeit abgepudelt wurde. Und auch jetzt errege ich noch oft den Unwillen der Gestrengen.«

»Leider, du Firlefanz, der immer noch annimmt, im Sattel wie im Sessel sitzen zu können.«

»Das ist eben Nonchalance«, brachte die Kleine so drollig hervor, daß sie alle herzlich lachen mußten. Selbst Stefanie. Und dieses Lachen verschönte das stets so ernste, blasse Gesichtchen ungemein. Schade, daß es sich so selten hervorwagte.

Aber aufgeschlossener war sie immerhin als noch vor Wochen, wo sie wie ein verdrießliches, vom Glück vergessenes Altjüngferlein durch ihre Tage vegetiert war. Gundis und Petra hatten es nicht leicht gehabt, das unfreundliche Mädchen zugänglicher zu machen. Aber da sie dessen Großeltern versprochen hatten, die Enkelin ihrer Lethargie zu entreißen, ließen sie sich keine Mühe verdrießen und schafften es denn auch so weit, daß Stefanie manchmal sogar schon fröhlich sein konnte.

Hatte das Überredungskunst gekostet, bis man sie in den Sattel bekam! Doch als sie den nach langer Zeit wieder unter sich spürte, kam langsam die Lust zum Reiten und langsam auch die Lust zu dem andern, was ein Jungmädchendasein lieb und wert macht. Natürlich ging das nicht von heut auf morgen, man mußte himmlische Geduld dabei haben.

Es war ein herrliches Reiten durch den harzduftenden Wald. Die Luft war warm, zumal der dichte Schutz der Bäume den Wind abhielt. Die Rosse schnaubten, das Sattelzeug knirschte, fröhliches Mädchenlachen klang durch die majestätische Stille des Waldes. Wie kleine Kobolde gebärdeten sich Gundis und Petra, während Stefanie dabei immer noch nicht ganz mitmachen konnte.

Armes Ding – dachte Graf Argulf bedauernd. Wieviel Köstliches geht dir verloren, die du deine schönsten Jugendjahre so miesepetrig vertust. Aber warte nur, die beiden lustigen Strolche bringen dir schon noch das Lachen bei und das Fröhlichsein.

»Rechts abbiegen, meine Damen«, kommandierte er, wonach die Hufe der Pferde über moosigen Grund traten. Bei dem schmalen Gang war es nur möglich, hintereinander zu reiten. Argulfs Roß hielt die Spitze, das von Gundis bildete die Nachhut. Rechts und links des Weges wucherte dichtes Unterholz, das in seiner Dunkelheit fast unheimlich wirkte.

Aber dann bot sich den Reiterinnen ein Bild, das sie den Atem anhalten ließ vor Entzücken. Umschlossen von Fichten und Föhren lag ein Weiher, auf dessen schwarzgrüner Fläche Seerosen leuchteten wie Schnee. Ein Bild vollständiger Abgeschiedenheit, ungemein romantisch und geheimnisvoll. Und nicht nur Petra und Stefanie blieben stumm, sondern auch Gundis, die mit großen Augen auf das unwirklich anmutende Fleckchen Erde schaute.

»Nun, mein Mädchen, ist dir dieses Gebiet vertraut?« hörte sie eine raunende Männerstimme dicht an ihrem Ohr. Wie träumend schüttelte sie den Kopf, und Argulf lachte leise.

»Laß dich nur nicht zu sehr verzaubern von dem Nixengrund, wie man ihn poetisch benamst. Er ist in keiner Karte verzeichnet und nur dem zugänglich, der ihn kennt. Hüte dich vor seinem Zauber. Er träufelt den Jungfräulein die Liebe ins Herz wie süßes Gift.«

Und dann laut zu den andern, die bei seiner Stimme aus ihrer Versunkenheit aufschreckten:

»Wie ist es, ihr lieblichen Jungfrauen, wollen wir dem eifersüchtigen Hüter einige seiner Blumenkinder entreißen und die Köpfchen damit schmücken?«

»Mir schon recht«, schüttelte Petra den Bann ab, indem sie gleich den andern aus dem Sattel glitt. Vorsichtig machte der Mann sich heran, die Seerosen zu pflücken, die in ihrer schneeigen Weiße unschuldig süß zu lächeln schienen. Sehr gewagt, was er da unternahm, aber wahrscheinlich oft und sicher geübt. Blüte um Blüte entraubte er dem geheimnisvollen Wasserspiegel, warf sie an das moosige Ufer, bis derer genug waren, um drei Kränzlein zu winden –

»Argulf, du bist unerhört leichtsinnig«, warnte Gundis zwischendurch. »Seerosen sind tückisch, trotz ihrer lächelnden Lieblichkeit. Sie ziehen den Unvorsichtigen ins Verderben.«

»Aber nicht den Vorsichtigen, der ihrer unschuldigen Süße nicht traut«, gab er gelassen zurück. »Bitte, meine Damen, setzen Sie sich nieder und winden Kränzlein für die lockigen Häupter.«

»Wie romantisch«, lachte Petra klingend auf – und dieses Lachen pflanzte sich fort, fand ein neckisches Echo in dieser schwermütigen Düsterheit. Sie war es auch, deren flinke Finger die Kränzlein wanden, die dann drei lockige Köpfchen schmückten.

»Somit wären wir versorgt«, sah sie dann spitzbübisch zu dem Grafen hin, der zwischen den Mädchen am Boden hockte. »Wie ist es nun, soll Ihr Haupt unbekränzt bleiben?«

»Um Gott, kleine Gnädige, so ein poetisches Gebilde dürfte einem Männerschädel lächerlich genug anstehen.«

»Lorbeeren sind leider nicht da«, gab sie mutwillig zurück. »Höchstens noch Büschel vom Föhrenbaum.«

»Wie abscheulich! Sie haben aber auch gar keinen Sinn für Poesie.«

»Um so mehr scheinen die davon abgekriegt zu haben«, zeigte sie lachend auf Gundis und Stefanie, die verträumt dasaßen. »Heh, ihr Schwärmerinnen, findet in die Wirklichkeit zurück. Was wir von der zu halten haben, das wissen wir, aber nicht von dem Reich der Nixen im Grund.«

»Ich möchte eine Nixe sein«, meinte Stefanie träumerisch. »Du auch, Gundis?«

»Nein. Bedenke nur, die haben einen Fischschwanz.«

Diese prosaische Feststellung scheuchte auch den letzten Rest der Verzauberung hinweg. Lachend erhoben die drei Mädchen sich und waren der Wirklichkeit wiedergegeben. Abschiednehmend schauten sie noch einmal umher, dann saß man auf und ritt den schmalen Weg entlang zur Landstraße zurück. Eine kurze Strecke ging es noch durch Nadelgehölz, dann schoben sich Laubbäume dazwischen, deren Blätter schon vom Hauch des nahenden Herbstes berührt waren.

»Gehört dieser Mischwald etwa auch noch zum Föhrengrunder Gebiet?« fragte Gundis erstaunt, und Argulf nickte.

»Jawohl, mein Kind. Hoffentlich bist du jetzt davon überzeugt, daß du nicht jedes Winkelchen unseres Besitzes kennst.«

»Allerdings. Und ich bildete mir ein –«

»Du bildest dir manches ein, meine liebe Gundis«, unterbrach er sie gelassen. »Und lauter Unsinn, wenn man es bei Licht besieht. Bitte, meine Damen, immer rechts halten, dann kommen wir schon dahin, wo wir sollen.«

Was er damit meinte, das sollte den drei Mädchen erst bewußt werden, nachdem sie eine Weile geritten waren.

»Das ist ja Föhrengrund«, zeigte Gundis überrascht in das blühende Tal hinab, das sich unerwartet vor ihnen auftat. »Von dieser Stelle habe ich es noch nie gesehen.«

»Eben –« entgegnete der Graf in einem Ton, den man sich nicht zu deuten wußte. Ohne zu verweilen ritt er weiter und schaute sich dann verwundert nach seinen Begleiterinnen um, die wohl zehn Meter von ihm entfernt hielten und über die Pferde hinweg die Köpfe zusammensteckten. Anscheinend berieten sie eifrig über etwas, das nicht für seine Ohren bestimmt war. Sie fuhren erschrocken zusammen, als der Mann dicht vor ihnen hielt.

»Wie ist es, meine bekränzten Amazonen, wollen wir nicht zum Kaffeestündchen im Föhrengrund einkehren?« fragte er, die Verlegenheit der Mädchen ignorierend. »Meine Eltern würden sich über Ihren Besuch herzlich freuen und daß auch ich es tue, brauche ich wohl nicht extra zu betonen, nicht wahr?«

»Ja, aber – wir sind doch im Reitdreß – und der schickt sich doch nicht für einen Besuch«, versuchte Petra stotternd einzuwenden. »Gundis sagt – Gundis meint –«

»Gundis irrt«, setzte er wie zum Abschluß des Gestammels sein Siegel drauf. »Allons, reiten wir, sonst wird der Kaffee kalt.«

Das klang wie ein Befehl, dem sie sich nicht zu widersetzen wagten. In ihrer Verdatterung vergaßen sie die Kränzlein abzunehmen, was dem Mann ein verstecktes Lächeln abnötigte. Mochten sie nur so reizend geschmückt seinen Eltern unter die Augen treten, die auch gern etwas Liebliches sahen.

Der Weg fiel nun allmählich ab. Er führte an abgemähten Feldern vorbei, an Weiden, auf denen das Vieh graste in der noch warmen Luft des sonnigen Septembertages, an schier unübersehbaren Äckern, auf denen das vertrocknete Kraut von Kartoffeln, Rüben und Gemüse daran mahnte, geerntet zu werden. An die Drahtzäune der noch saftiggrünen Koppeln drängten sich Mutterstuten, Fohlen und Jungpferde, die Reiter neugierig beäugend, und im Fluß, der das ganze fruchtbare Gelände durchschlängelte, strömte das Wasser dahin. Silberpappeln säumten die Ufer, Laubbäume aller Art standen verstreut auf Fluren und an Wegen – und das ganze liebliche Bild umstanden Föhren wie düstere, stumme Wächter.

Und dann ritt man über den riesengroßen Gutshof, vorbei an Ställen, Scheunen und Schuppen, im Halbbogen herum über den sauberen Kiesweg zum Schloß. Der Graf setzte eine Trillerpfeife an den Mund, und bald darauf standen zwei halbwüchsige Stallburschen wie hingezaubert da, griffen nach den Zügeln und führten die Pferde ab zum Stall.

»So, meine Damen, da wären wir. Treten Sie ein – und bringen Sie Glück herein«, scherzte der Erbherr all der Herrlichkeiten ringsum. Man stieg die breite Freitreppe empor, schritt durch die große, hohe Halle, durch ein weites Gemach und stand dann auf der Terrasse, wo die beiden Gräfinnen und Graf Konrad bereits beim Nachmittagskaffee saßen.

»Hier bringe ich dir drei seerosengeschmückte Nixlein im Reitdreß, Mama«, sagte der Sohn lachend, worauf die Mädchenhände erschrocken zu den Köpfen fuhren, wo die poetischen Kränzlein noch immer saßen.

»Laßt ab, Kinder«, sagte Frau Beatrice gleichfalls lachend. »Gönnt uns diesen reizenden Anblick. Seid herzlich gegrüßt.«

Sie streckte den Mädchen die Hand entgegen, über die sie sich artig beugten. Dann begrüßten sie auch Lolith und den Hausherrn, der schmunzelnd sagte:

»Potztausend, Argulf, da hast du aber einen lieblichen Fang gemacht. Trink, Auge, trink, was die Wimper hält! Denn so etwas gibt es nicht alle Tage zu schauen.«

»O weh, Onkel Konrad wird poetisch«, fand Gundis die Munterkeit wieder und mit ihr Petra. Selbst Stefanie zeigte ein lachendes Gesicht. Nach Aufforderung der Hausherrin nahm man am Tisch Platz, der Diener brachte die fehlenden

Gedecke, und vergnügt schmausten die Mädchen drauflos.

»Wart ihr etwa im Nixengrund, Argulf?«

»Ja, Vater. Ein kleines Mädchen riß bei diesem niegeschauten Anblick die Augen groß auf, nachdem es kurz vorher kühn behauptete, den Föhrengrund bis in jeden Winkel genau zu kennen. Und da du ja der alten Sage gemäß weißt, daß der Mann, dem es gelingt, ein schönes Mädchen in den Nixengrund zu locken und ihm ein Seerosenkränzlein auf das Haar zu zaubern – verzaubert er auch das Herzchen mit.«

»Aber Junge, doch nicht gleich drei auf einmal«, lachte Graf Konrad gleich der Gattin herzlich, während man den Ausdruck in den drei Mädchengesichtern nicht gerade geistreich nennen konnte. Gundis war die erste, die sich von ihrer Verblüffung erholte.

»Na so was! Bescheiden bist du gerade nicht, mein lieber Argulf. Aber frohlocke nicht zu früh, mein Herz ist tabu.«

»Meins auch«, lachte Petra hellauf.

»Und meins erst recht«, bekräftigte Stefanie so froh, wie noch keiner in diesem Kreis sie vorher sah. Das Gesichtchen rosig angehaucht, lachende Augen unter dem zarten Kränzlein, so war die bisher so farblose Stefanie Trusebüchen plötzlich bildhübsch zu nennen.

»Schau – schau –« sagte Graf Konrad, und alle, außer dem Mädchen selbst, wußten, warum er so schmunzelte. Man hütete sich jedoch, eine Bemerkung zu machen, weil man nicht wissen konnte, wie die sensible Kleine diese aufnehmen würde. Allein Lolith, die sich darüber ärgerte, daß sie erstens nicht mit am Nixengrund, den sie noch gar nicht kannte, gewesen war und zweitens, daß man sie gar nicht beachtete, sagte erstaunt:

»Sie können ja richtig lachen, Fräulein von Trusebüchen. Das wundert mich.«

Schon verfinsterte sich das Gesichtchen, und der Mund warf sich trotzig auf.

»Warum soll ich denn nicht, Frau Gräfin? Ich bin ja noch nicht einmal ganz siebzehn Jahre alt.«

»Bravo!« klatschte Argulf Beifall, was ihm einen wütenden Blick der Ehehälfte eintrug. »Lachen macht schön, daher sollte die Weiblichkeit immer lachen.«

»Und die Männer?« fragte Lolith spitz.

»Die erfreuen sich daran.«

»Oh, dann wird mein späterer Mann aber eine Freude haben«, meinte Petra naiv. »Ich lache nämlich für mein Leben gern.«

Vergnügt fiel sie in die allgemeine Heiterkeit ein, aus der Lolith allein sich ausschloß. Sollte gerade noch fehlen, so ein albernes Getue mitzumachen.

Sie hätte jedoch sehr gern mitgemacht, als die beiden Mädchen aufbrachen und nicht nur Gundis ihnen das Geleit gab, sondern auch Argulf. Aber da sie nie im Sattel gesessen hatte, mußte sie zurückbleiben. Neiderfüllt sah sie den vier Pferden nach und ging dann in ihr Wohnzimmer, wo sie sich mißmutig auf den Diwan warf und sich selbst nicht leiden konnte.

Indes ritten die vier Reiter vergnügt von dannen. Da man zuerst Stefanie bei ihren Großeltern, die sich gewiß schon um sie sorgten, abliefern wollte, machte man einen Umweg und hatte nach einer guten halben Stunde den Herrensitz erreicht, wo man freudig empfangen wurde. Als wäre die Enkelin nach langer Reise zurückgekehrt, so beglückt schloß die Großmutter diese in die Arme.

»Herzenskind, du lachst ja«, sagte sie gerührt. »Wie glücklich mich das macht. War's schön, mein Liebes?«

»Wunderschön, Großmama. Schau mal das Kränzlein«, setzte sie wieder das zarte Gebilde auf, das sie gleich den andern beiden Mädchen während des Rittes abgenommen hatte.

»O wie reizend. Wie kamst du dazu?«

Eifrig erzählte das sonst so wortkarge Mädchen seine Erlebnisse, und frohbewegt hörten die Großeltern zu. Endlich schien der Bann gebrochen zu sein und Stefanie an dem Freude zu finden, was einem so blutjungen Menschenkind die Welt bedeutete. Fast in jedem Satz, den es sprach, kam die Frage: Nicht wahr, Gundis – nicht wahr, Petra? Und die nickten lachend zu allem.

Natürlich wurden die drei Begleiter Stefanies von dieser

sowie deren Großeltern zum Bleiben aufgefordert, was sie jedoch ablehnten, da sie ja noch Petra nach Hause bringen mußten.

»Wie schade. Aber morgen kommt ihr wieder, nicht wahr? Oder soll ich im Lindenhaus erscheinen?«

»Tue das«, entschied Petra. »Aber du findest nur mich vor, weil Gundis morgen im Föhrengrund weilt.«

»Och, Gundis, muß das sein?«

»Ja, Stefanie. Zieh kein Schnutchen, dann siehst du gar nicht mehr lieb aus. Petra wird dich sehr nett unterhalten, und übermorgen sehen wir uns wieder.«

Da gab sich das Mädchen zufrieden, und man schied fröhlich, nachdem die Großeltern noch warme Worte für die Freundinnen ihrer Enkeltochter gefunden hatten, die sich so selbstlos um diese bemühten.

»Die Stefanie hätten wir nun endlich kleingekriegt, was, Gundis?« fragte Petra, als man abritt. »Ein schweres Stück Arbeit, aber glänzend belohnt.«

»Hoffentlich –« entgegnete die andere skeptisch. »Bei dem wetterwendischen Fräulein kann man nämlich nie wissen, wie morgen das Barometer steht.«

»Das wäre scheußlich. Was soll ich wohl ohne dich mit ihr anfangen, wenn sie morgen im Lindenhaus den alten Rappel kriegt?«

»Dann verprügeln Sie die wetterwendische kleine Dame«, riet Argulf, und sie zog eine Grimasse.

»O weh, lieber nicht. Nun, ich werde nicht unken, sondern abwarten.«

Damit war für sie der Fall erledigt. Sie plauderte munter drauflos. Fand an der Landschaft bald hier was zu bewundern, bald dort und zog ein Schmollmäulchen, als Gundis sich vor dem Tor des Lindenhauses von ihr verabschiedete.

»Komm doch mit.«

»Kann ich nicht.«

»Gräßlich. Muß das sein, Herr Graf, daß man im Föhrengrund uns zweimal in der Woche Gundis vorenthält?«

»Muß es sein, gnädiges Fräulein, daß man im Lindenhaus uns fünfmal in der Woche Gundis vorenthält?«

»Frage gegen Frage. Na schön, antworte ich: Man liebt sie dort auch nicht so wie hier.«

»Können Sie gar nicht wissen.«

»Um Himmels willen, fangt euch womöglich noch an zu streiten wegen meiner Wenigkeit«, lachte Gundis hellauf. »Schau nicht so mißmutig drein, Petralein, sonst erinnerst du mich an den Griesgram Stefanie.«

»Das wäre! Denn schon lieber vernünftig.«

So trennte man sich vergnügt. Und während Petra durch das Tor ritt, machten die andern beiden Reiter kehrt.

»Ich finde die kleine Petra reizend«, sagte Argulf, was ihm einen freundlichen Blick seiner Begleiterin eintrug.

»Das ist sie auch. Bei ihr ist alles so einfach, so selbstverständlich, alles auf Glauben und Vertrauen eingestellt. Tante Gerta hat wirklich Glück mit ihrer Pflegetochter gehabt. Denn es ist ja immer ein Risiko, sich eines fremden Kindes anzunehmen.«

»Leben ihre beiden Eltern nicht mehr?«

»Doch, der Vater. Er hat sich nicht mehr um sie gekümmert, seitdem er vor mehr als dreizehn Jahren seiner geschiedenen Frau das Kind überließ.«

»Ist er wieder verheiratet?«

»Ja. Gleich nachdem er geschieden war, ehelichte er seine Chefin, die Besitzerin einer Fabrik, in der er als Chemiker arbeitete. Aus dieser Ehe besitzt er vier Kinder, die ihm vollständig genügen, wie er nach dem Tode der ersten Frau in einem Schreiben liebevoll kundtat.«

»Wie ist denn so was möglich?«

»Das frage ich mich auch. Aber die Menschen sind eben verschieden. Na, laß nur, Petra vermißt ja nichts. Denn herzlicher könnte Tante Gerta ihr eigenes Kind kaum lieben als ihre Pflegetochter. Und das ist schön.

So – und nun wollen wir mal in einen leichten Trab verfallen, damit wir nicht verspätet zum Abendessen erscheinen. Du weißt, deine Eltern lieben die Unpünktlichkeit nicht.«

*

Die Zeit verging, der Herbst zog ins Land. Man zählte die ersten Tage im Oktober, als Gundis wieder einmal im Föhrengrunder Schloß erschien und die vier Hagelungen bei einer schwierigen Debatte vorfand. Soviel sie heraushören konnte, war eine größere Summe Geldes abhanden gekommen, und nun debattierte man mißgestimmt darüber, wer sie entwendet haben könnte.

»Seit wann ist das Geld verschwunden?« erkundigte Gundis sich gespannt.

»Seit gestern nachmittag«, gab Argulf widerwillig Antwort.

»Gott sei Dank, daß ich da nicht im Hause war«, entfuhr es dem Mädchen. »Sonst hätte man bestimmt den Diebstahl mir in die Schuhe geschoben.«

»Rede nicht so einen Unsinn!« fuhr der Vormund sie an. »Wie kommst du überhaupt darauf?«

»Nun, mir traut man hier doch alles zu – nur nichts Gutes.«

»Schweige – oder du kannst was erleben, du schnippisches Ding –«

»Konrad, ich bitte dich«, fiel die Gattin ihm nervös ins Wort. »Wie kann man nur so ausfahrend werden. Du weißt, das ist bei uns nicht angebracht. Und du sei nicht so vorlaut, Gundis, und ärgere Onkel Konrad nicht immer.«

»Verzeih, Tante Beatrice, ich bin ja schon still.«

»Möchte ich dir auch geraten haben«, brummte Graf Konrad. »Wenn man nur wüßte, wen man da verdächtigen könnte. Die Dienerschaft ist durchaus ehrlich, was sie in den vielen Jahren ihres Dienstes oft unter Beweis stellen konnte. Es hat schon oft Geld auf dem Schreibtisch meines Arbeitszimmers gelegen, und noch nie ist etwas abhanden gekommen.«

»In der Brieftasche hast du es nicht, Konrad?«

»Aber Beatrice, das habe ich doch schon ein dutzendmal verneint. Und auch erklärt, daß ich das Geld von der Bank holte, um die Leute zu löhnen und Handwerker zu bezahlen. Ehe ich geriet es wegzuschließen, rief mich der Verwalter per Haustelefon ab. Und da die Angelegenheit dringend war, ließ ich das Geld auf dem Schreibtisch liegen und eilte davon. Habe ich das schon bis zum Überdruß erklärt oder nicht?«

»Das hast du, Vater, und du begreife es endlich, Mama. Am besten ist, die mysteriöse Angelegenheit der Polizei zu übergeben.«

»Um Gott, Junge, das würde unsere treue Dienerschaft maßlos kränken«, wehrte die Mutter entsetzt, was man auch ohne weiteres einsah.

»Also wird uns nichts anderes übrigbleiben, als die gewiß nicht kleine Summe einfach zu verschmerzen«, seufzte Graf Konrad. »Aber es soll mir eine Warnung sein, noch einmal Geld offen liegen zu lassen. Gehen wir also zu Tisch, der Gong mahnt bereits.«

Es wurde nicht viel gegessen, weil niemand den richtigen Appetit hatte. Auch verlief das Mahl schweigsam, da jeder seinen Gedanken nachhing. Man stand da tatsächlich vor einem Rätsel, das Lolith, die sich während der Debatte still verhalten hatte, mit folgenden Worten zu lösen suchte:

»Könnte es nicht ein Fremder gewesen sein, der sich ins Schloß schlich? Es treibt sich doch genug Gesindel herum –«

»Das ausgerechnet am hellichten Tag in Vaters Arbeitszimmer geht und Geld vom Schreibtisch stiehlt«, warf Argulf ironisch ein. »Wie sollte ein Landstreicher wohl wissen, daß Geld dort liegt?«

»Er könnte Papa belauscht haben –«

»Wie und wann denn wohl«, unterbrach dieser sie unwirsch. »Zu der Bank, wo ich das Geld abholte, haben so dunkle Elemente wohl kaum Zutritt. Und wenn, glaubst du etwa, daß ich in dem Institut erklärt hätte: So, jetzt fahre ich nach Hause, lege das Geld auf den Schreibtisch in meinem Arbeitszimmer, verlasse es – und nun stehlt, wenn ihr Lust habt.«

»Papa, wie kann man nur so reden.«

»Genauso wie du, meine liebe Lolith. Und nun Schluß damit, geschehen ist geschehen. Ich habe diese Unaufmerksamkeit begangen und muß sie nun auch büßen. Das amüsiert dich wohl, Gundis, wie, weil du ein so vergnügtes Gesicht machst?«

»Über deinen Verlust amüsiere ich mich bestimmt nicht.«

»Worüber denn sonst?«

»Man denke sich, mein zugeknöpfter Onkel Konrad gibt auf

der Bank eine Erklärung, wie man ihn am besten bestehlen könnte.«

»Du bist ein Kindskopf, daher sei dir verziehen. Hebe die Tafel auf, Beatrice. Ich lechze nach dem Mokka und nach der Mittagszigarre.«

Man entfernte sich links, Gundis rechts. Als sie ihr Wohnzimmer betrat und an dem zierlichen Schreibtisch vorüber wollte, stutzte sie – und dann, dann –

Ja dann bekam sie Augen so groß wie Teetassen, was auch berechtigt war. Denn zwei Hundertmarkscheine lagen auf einem Zettel, den sie rasch mit den Augen überflog.

Da Sie so arm sind, mein entzückendes Mädchen, gebe ich Ihnen von meinem kühnen Raub was ab. Kaufen Sie sich dafür etwas Schönes. Ein glühender Verehrer.

Na, nun schlägt's dreizehn – dachte sie verblüfft. Ein glühender Verehrer und dazu ein Halunke? O Gundis Haiden, du hast es weit gebracht.

Zuerst ließ sie sich auf den Schreibtischstuhl sinken, um sich von ihrem Schreck zu erholen. Doch dann raffte sie Geldscheine nebst Zettel zusammen und eilte in das kleine Gemach, wo man beim Mokka saß.

»Schau dir das an, Onkel Konrad«, hielt sie ihm lachend die geheimnisvollen Dinge hin. »Und dann sage mir, ob ich vielleicht an Begriffsstutzigkeit leide.«

»Wo hast du das gefunden?« fragte er gleich den andern starr vor Staunen, nachdem man die Ungeheuerlichkeit beäugt hatte.

»Auf dem Schreibtisch in meinem Zimmer.«

»Und wer ist dieser glühende Verehrer?«

»Wenn ich das wüßte, dann würde ich dich erst gar nicht fragen«, wollte sie sich ausschütten vor Lachen. »Ich wußte nämlich noch gar nicht, daß ich heimlich angeschwärmt und verehrt werde. Und dazu noch von einem Halunken, der sich in ein Zimmer schleicht, Geld vom Schreibtisch stiehlt und mir großmütig davon abgibt. Wenn das nicht Liebe ist!«

»Daß du Nichtsnutz doch nie ernst sein kannst«, mußte der Onkel mit den andern lachen. Doch gleich wurde er wieder sachlich.

»Hast du dir die Schrift genau angesehen, Argulf?«

»Die ist natürlich verstellt, Vater«, gab er achselzuckend zurück. »Aber wenn man sie der Polizei übergibt, wird sie bestimmt damit was anzufangen wissen.«

»Na schön. Nimm du die Sache in die Hand, mich widert sie an.«

»Gib den Wisch nur her, ich muß sowieso zur Stadt«, erklärte Lolith hastig. Ihre Augen flackerten, die Hand zitterte, mit der sie nach dem Zettel griff, den der Gatte jedoch festhielt. Niemand sprach ein Wort – und doch schienen tausend Stimmen zu wispern. Wie Schlangen schien das Mißtrauen in allen Ecken zu lauern und sein Gift zu verspritzen, gegen das man sich jedoch ernergisch wehrte.

»Na denn nicht!« lachte Lolith unmotiviert auf. »Ich gehe, mir ist es hier zu ungemütlich.«

Als die Tür hinter ihr zufiel, starrten sich die Zurückbleibenden an, blaß bis in die Lippen. Sie dachten wohl alle dasselbe, aber niemand sprach das Ungeheuerliche aus. Argulf griff in das goldgetriebene Kästchen, das auf dem niederen Tisch neben der Kaffeemaschine stand und entnahm ihm eine Zigarette. Seine Hand zitterte, die das Feuerzeug hielt.

Er tat einige lange Züge, stieß den Rauch durch die Nase, wobei er angestrengt über etwas nachzudenken schien. Dann erhob er sich wortlos und ging hinaus. Die schweren Treppenläufer dämpften seine Schritte, auch die dicken Teppiche in den Zimmern. Lautlos durchschritt er die Räume, bis er im Schlafgemach der Gattin stand. Er hörte sie nebenan im Ankleidezimmer hantieren –

Was er nun tat, war nicht ganz fair, aber notwendig, um Klarheit zu schaffen. Seine Hand griff nach der eleganten Tasche, die auf der zartseidenen Daunendecke des Himmelbettes lag, öffnete sie –

Und er starrte dann auf ein Bündel Geldscheine. Mit unheimlicher Ruhe entfaltete er die Bogen, die unter den Scheinen lagen. Lauter Mahnungen von Firmen, die ihm bekannt waren. Mit leisem Klick ging das Schloß der Tasche zu.

Das Antlitz des Mannes zeigte einen harten, unbarmherzigen Ausdruck, als er sich nun auf den Diwan vor dem luxuriösen Bett setzte und wartete. Nicht lange brauchte er es, denn schon wenige Minuten später trat die Herrin dieses lauschigen Gemachs über die Schwelle. Zuerst verharrte sie wie erstarrt, dann trat sie zögernd näher.

»Du, Argulf?« tat sie erstaunt. »Wünschest du etwas von mir?«

»Ja, dich zur Rechenschaft ziehen«, erfolgte die Antwort eisig. »Zwar halte ich deinen Charakter schon lange nicht mehr für einwandfrei, aber daß du dich zu einer ganz gemeinen Diebin herabwürdigen könntest, das habe ich trotz allem nicht erwartet.«

»Argulf, du beleidigst mich namenlos –«

»Halt ein mit deinem Leugnen«, schnitt er ihr hart das Wort ab. »Es nützt dir nichts. Denn die Beweise sind stärker, die ich in deiner Handtasche fand. Daß du dich schämen sollst, verlange ich nicht mehr von dir, nachdem du so schamlos handeln konntest. Kommentar überflüssig. In einer Stunde steht das Auto vor der Tür, das dich zur Bahn bringen wird.«

»Und was dann?« jammerte sie in höchsten Tönen. »Meine Mutter wirft mich bestimmt hinaus.«

»Wozu die ehrenhafte Dame auch berechtigt ist«, klirrte seine Stimme in ihr Gejammer hinein. »Bleib wo du willst; denn seit dieser Minute gehst du mich nichts mehr an. Mein Rechtsanwalt wird sich mit dir in Verbindung setzen, sofern du deine neue Anschrift bekanntgibst. Sollte sie in zwei Wochen nicht eintreffen, laß ich dich durch einen Detektiv suchen. Das Geld, das in der Handtasche steckt, kannst du behalten. Es bleibt dir noch genug übrig, wenn du deine Schulden davon bezahlt hast. Tust du es nicht, begleiche ich sie und verrechne die verauslagte Summe mit dem Unterhaltsgeld, das vom Gericht festgelegt werden wird. Weiter habe ich dir wohl nichts mehr zu sagen.

Doch halt, eines noch: Wenn du wieder stehlen solltest, dann fange es geschickter an. Du mußt noch manches lernen, bis du eine routinierte Gaunerin bist.«

Ehe sie etwas erwidern konnte, klappte die Tür hinter ihm zu. Er ging zur Garage, gab dem Chauffeur Anweisung, ließ sein Pferd satteln und jagte davon. Und als er zwei Stunden später wieder das Schloß betrat, war das Fazit seiner einjährigen Ehe gezogen. Erledigt – Papierkorb.

*

Der junge Graf fand seine Eltern nebst Gundis noch in dem kleinen Gemach vor – und zwar in begreiflicher Aufregung.

»Endlich erscheinst du«, sagte unwillig der Vater zu dem Sohn, der sich in einen Sessel sinken ließ und eine Zigarette in Brand steckte. »Du verschwindest einfach, während sich hier merkwürdige Dinge zutragen. Lolith fuhr mit zwei Rohrplattenkoffern im Auto davon, ohne sich von uns zu verabschieden. Was hat das zu bedeuten?«

»Daß eine Diebin das Feld ihrer traurigen Tätigkeit gezwungenermaßen geräumt hat.«

»Also doch«, entgegnete der Graf grimmig. »Hast du Beweise dafür, Argulf?«

»Sehr triftige, Vater. Ich fand in Loliths Handtasche ein Bündel Geldscheine und Mahnungen von verschiedenen Firmen, die an Deutlichkeit nichts zu wünschen übrig ließen. Ich sagte ihr ihre Schandtat auf den Kopf zu, überließ ihr das Geld, von dem sie ihre Schulden bezahlen soll und bemerkte, daß in einer Stunde das Auto sie zur Bahn bringen wird.«

»Und wohin reist sie?«

»Keine Ahnung. Es interessiert mich auch nicht, da ich sie nicht mehr als meine Frau betrachte. Daß sie kein idealer Mensch ist, nun, das kann ich nicht verlangen, der ich selbst meine Fehler habe. Auch daß sie hinter meinem Rücken Schulden machte, ließe sich verzeihen. Aber daß sie ihren Schwiegervater ganz skrupellos bestiehlt und in ganz infamer Weise ihr schamloses Vergehen zu tarnen sucht, das schlägt sozusagen dem Faß den Boden aus. Wahrscheinlich nahm sie an, daß Gundis den merkwürdigen Fund auf ihrem Schreibtisch verheimlichen würde, was diese jedoch kraft ihres reinen Gewissens nicht tat und der Gaunerin damit einen Strich durch ihren raffinierten Plan machte.«

»Das ist ja entsetzlich«, klagte die Mutter. »Wer hätte so

viel Schlechtigkeit bei Lolith je vermutet. Daß sie uns monatelang über ihren wahren Charakter hinwegtäuschen konnte, daran sind Vater und ich ja auch nicht schuldlos. Warum ließen wir uns so bluffen. Schon längst hielt ich sie für eine geschickte Intrigantin. Aber so viel Schlechtigkeit hätte ich ihr trotz allem nicht zugetraut. Du wirst dich doch wohl von ihr scheiden lassen, mein Junge?«

»Selbstverständlich, Mutter. Ich werde sogar darauf dringen, daß sie unsern Namen ablegt, damit sie ihn nicht durch eventuelle weitere Machenschaften schleifen kann. Das wird zwar einen netten Batzen kosten, aber schließlich muß ich ja für die Eselei büßen, der ich auf eine so minderwertige Frau hereinfiel.

Ja, ja – kleine Gundis«, wandte er sich an das Mädchen, das entsetzt dem allen zuhörte. »So geht es, wenn man nicht den Ausspruch beherzigt: Blinder, tu die Augen auf, Heirat ist keine Pferdekauf. Warum hast du mir nicht gesagt, daß Lolith hinter meinem Rücken Schulden machte?«

»Woher weißt du denn, daß es mir bekannt ist?« fragte sie perplex.

»Seitdem ich und auch meine Eltern ein Gespräch belauschten, das du mit Lolith führtest.«

»Wann soll das gewesen sein?«

»An einem Tag im Mai, als du damals vom Altan hinausjubeltest: Warum blühen denn die Rosen so rot –«

»Ach du meine Güte! Allerdings, dann habt ihr so manches gehört, was nicht für eure Ohren bestimmt war. Na ja, da sieht man wieder, daß man derartige Gespräche nur hinter Schloß und Riegel führen sollte. Es war nicht nett von euch zu lauschen.«

»Aber aufschlußreich«, gab Argulf achselzuckend zurück. »Ich hatte den Charakter Loliths schon längst durchschaut, aber meine Eltern befanden sich noch immer in dem Wahn, daß sie ein liebenswertes Menschenkind wäre, so ganz ohne Schuld und Fehl.«

»Und nun soll ich mit meinen schonungslosen Worten sie etwa aus dem Wahn gerissen haben? Das tut mir herzlich leid. Denn zu den Menschen gehöre ich nicht, die einem andern sozusagen lächelnd den Dolch in die Brust stoßen. Daß du einmal hinter die Schuldenmacherei deiner Frau kommen würdest, daran zweifelte ich nicht, aber die Aufklärung sollte von anderer Seite kommen – nicht von mir, die ich nur als boshafte Verleumderin dagestanden hätte. Stimmt's, Tante Beatrice, Onkel Konrad?«

Erstere wurde verlegen, und letzterer griff sich nervös in den Kragen.

»Du bist ein dummes Gör«, brummte er ungehalten. »Laß deine Spitzfindigkeiten, sie sind unangebracht. Und was machen wir nun?«

»Ein dummes Gesicht«, entfuhr es Gundis unbedacht, was ihr jedoch nicht wie erwartet einen Tadel einbrachte, sondern ein befreiendes Lachen auslöste. Gott sei Dank konnte man das, weil Loliths Abreise kein Herzweh schuf, sondern ein erlöstes Aufatmen. Denn man war es bereits leid geworden, deren wechselnde Launen gleichmütig zu ertragen.

Lolith hatte tatsächlich ihre gesamten Schulden in der Stadt bezahlt, wie die quittierten Rechnungen bewiesen, die sie Argulf zuschickte. Auf einem beiliegenden Zettel standen die großartigen Worte:

Wie Du siehst, bin ich meinen Verpflichtungen treu und ehrlich nachgekommen.

»Jawohl, mit gestohlenem Geld«, erläuterte Graf Konrad trocken, der Einsicht in diesen Zettel bekam. »Seien wir froh, daß alles noch so glimpflich ablief und wir die unmögliche Person erst einmal los sind. Hoffentlich macht sie bei der Scheidung keine Sperenzchen.«

O nein, das tat sie nicht. Sie hatte im Gegenteil großes Interesse daran, möglichst rasch und ohne viel Aufhebens geschieden zu werden, weil, wie sie ihrem Rechtsanwalt pathetisch mitteilte, bereits »das größte Glück ihres Lebens« im Hintergrund wartete. Es war zwar nicht vornehm, das »Glück«, nicht schön, auch nicht mehr jung, aber es besaß viel Geld.

Lolith lernte den draufgängerischen Herrn in dem mondänen Ort kennen, nach dem sie sich von Föhrengrund aus begab. Sie hatte immerhin noch ein nette Summe in der

Tasche, als die Schulden bezahlt waren, was sie allerdings nur aus Angst vor Argulf tat. Und nun mal erst herrlich und in Freuden leben, solange das Geld reichte. Zu ihrer Mutter kam sie noch immer früh genug. Sie sollte ahnungslos bleiben, bis die Tochter gezwungen war, mit Sack und Pack bei ihr anzurücken. Vor dem Strafgericht, das dann folgen würde, fürchtete Lolith sich unsagbar.

Und siehe da, das Schicksal war ihr hold. Es nahte in Gestalt eines Mannes, der bereits drei Ehen hinter sich hatte. Eine schied der Tod, zwei das Gericht.

Um nun wieder mit der Bibel zu sprechen: Es ist nicht gut, daß der Mensch allein sei. Ergo: schaute der unternehmungslustige Herr sich nach einer vierten Frau um. Seine Wahl fiel auf Lolith. Warum auch nicht? Die vornehme Abstammung besaß sie, den prallgefüllten Geldbeutel er. Also hatten sie beide etwas in die Waage zu werfen, die das Zünglein hielt. Sie repräsentierte, er gab das Geld – und beiden hing der Himmel voller Geigen.

Auf das eifrige Betreiben Loliths, die großzügig alle Schuld auf sich nahm, wurde die Ehe rasch geschieden, so daß sie Weihnachten schon in ihrem neuen, prunkvollen Heim feiern konnte. Die Geschenke fielen so reich aus, daß selbst die anspruchsvollsten Wünsche erfüllt waren. Hoffentlich blieb das so. Denn sie lebte ja vorläufig noch in den Flitterwochen, und der Herr Gemahl war in seine schöne, vornehme Frau arg verliebt. Er war glücklich, sie zu haben – Graf Hagelungen froh, diese auf so einfache Art losgeworden zu sein. So vollständig, daß sie nicht einmal mehr seinen Namen trug, sondern jetzt Lolith Plumke hieß. Ein Name, der wie Gold wog.

*

Kurz vor Weihnachten kam Gundis mißgestimmt aus dem Föhrengrund in das Lindenhaus zurück, wo Tante Gerta und Petra in dem mollig warmen Wohnzimmer saßen und eifrig handarbeiteten.

»Da bist du ja, mein Kind«, sagte erstere freudig. »Aber mit so einem miesepetrigen Gesichtchen?«

»Da soll man wohl auch noch froh sein«, ließ das Mädchen sich verdrießlich in den Schaukelstuhl fallen, der sich so heftig in Bewegung setzte, daß er fast vornüber gekippt wäre. »Mir ist nämlich von meinem Herrn Vormund kurz und bündig angesagt worden, daß ich den Heiligabend im Kreise meiner lieben Familie zu verleben hätte. Schrumm!«

»Das gibt's ja gar nicht«, eiferte Petra sich. »Da haben wir auch noch ein Wörtchen mitzureden, nicht wahr, Mutti?«

»Ich glaube kaum, daß man darauf hören würde.«

»Sie müssen, weil wir ein größeres Anrecht auf Gundis haben. Hier ist sie zu Hause, im Föhrengrund nur Gast. Außerdem hat sie als Herrin Pflichten gegen ihre Untergebenen.«

Jetzt mußte Gundis lachen, und somit verflog der Ärger.

»Zu welcher Untergebenen rechnest du dich denn, Petralein?«

»Als Mädchen für alles«, kam die Antwort prompt. »Meine Pflichten, die ich hier habe, sind nämlich vielerlei Art. Man schiebt mir die Arbeiten zu, die man sich abschiebt.«

»Kompliziert ausgedrückt«, schmunzelte Frau Gerta. »Und damit du recht behältst, schiebe ich dir diese Arbeit zu, die mir nicht behagt. Und zwar Kanevas aus der Stickerei ziehen.«

»Hab' ich's nicht gesagt? Na, gib schon her, Muttilein, weil du es bist. Aber wirklich, Gundis, wenn du am Heiligabend nicht hier bist, dann ist mir die ganze Freude verdorben. Noch mehr, ich würde unglücklich sein. Kannst du dir nicht etwas zuziehen, das dich zwingt, im Lindenhaus zu bleiben?«

»Du bist ja sehr menschenfreundlich, Petra.«

»Och, so ein ganz kleines bißchen nur. Zum Beispiel in die Hand schneiden, damit du nicht das Steuer halten kannst.«

»Jetzt hör aber auf«, gebot die Mutter halb lachend, halb ärgerlich. »Ganz abgesehen davon, daß man Gundis mit dem Föhrengrunder Auto abholen ließe, finde ich deinen Wunsch abscheulich.«

»Ich eigentlich auch, aber geschehen muß doch etwas. Paß auf, Gundis, du setzest denen im Föhrengrund weinend und klagend so zu –«

»Halt ein!« rief Gundis lachend dazwischen. »Erstens würde mir das alles nichts nützen, und zweitens fehlt mir das Talent, ein solches Theater in Szene setzen zu können.«

»Ja, dann weiß ich nicht. Aber ich wünsche weiter – und zwar für mich allein.«

Und siehe da, den Wünschen der kleinen Petra wurde Gehör geschenkt. Allerdings in einer andern Form als sie erhoffte. Denn in der späten Nachmittagsstunde des Heiligabends, da Gundis sich gerade anschickte, nach dem Föhrengrund zu fahren, erhob sich plötzlich ein so eisiger Schneesturm, daß es ein Wagnis gewesen wäre, sich mit dem Auto hinauszuwagen. An manchen Stellen war die Chaussee kahl, an andern wieder lag der Schnee zu hohen Schanzen aufgeweht. Wehe den Menschen, die jetzt unterwegs waren, ob im Auto, im Schlitten oder zu Pferd.

Petra jubelte und pries himmelhoch den Wettergott, der ihr Flehen erhörte. Zum Glück war der Justizrat im Lindenhaus schon um die Mittagsstunde eingekehrt, wo die Wintersonne noch vom Himmel lachte. Denn ohne ihn Weihnacht zu feiern, hätte Petra auch nicht behagt. So hatte sie denn all ihre Lieben beisammen und war glücklich.

Allein, ihr Gesichtchen wurde lang, als die Glocke des Fernsprechers anschlug und sie den Hörer ans Ohr legte.

»Ich glaube, man spricht vom Föhrengrund; denn die Verständigung ist miserabel«, sagte sie kläglich, die Hand dabei um die Muschel legend. »Soviel ich jedoch heraushöre, verlangt man nach dir, Gundis. Sollte meine Freude etwa verfrüht sein?«

»Ex, dein Wettergott, Petralein. Nun, gib mal den Hörer, vielleicht –

Jawohl, hier spricht Gundis!« rief sie in die Muschel, in der es sauste und brauste. Ganz schwach kam die Stimme vom andern Ende –

»Ja, ich höre dich, Onkel Konrad, wenn auch schwach. Was soll ich, kommen? Aber das ist unmöglich – ach so, ausgeschlossen meinst du – o ja, ganz und gar ausgeschlossen. Also nicht kommen – sehr schön. Frohe Weihnacht!«

»Brauchst du nicht zu fahren?« fragte Petra aufgeregt,

nachdem Gundis den Hörer aufgelegt hatte.

»Nein, Onkel Konrad meinte, daß es bei dem Schneetreiben kein Durchkommen wäre. Ich soll ja im Lindenhaus bleiben. So habe ich bei der miserablen Verständigung wenigstens herausgehört.«

»Ein vernünftiger Mann, dein Vormund«, meinte Petra gönnerhaft. »Und nun laßt uns fröhliche Weihnacht feiern.«

Daß sie fröhlich wurde, dafür sorgten schon die übermütigen Mädchen allein. Aber auch die andern gaben ihnen nicht viel nach. Man mußte sich ja freuen und immer wieder freuen, was natürlich nicht geräuschlos abging.

Dafür war es unter den drei Hagelungen um so stiller. Man hatte die Leutebescherung hinter sich, die der Guts- und Forstbeamten, die der Dienerschaft. Dann kam die im engsten Kreise, die wohl herzlich gehalten, von Gaben reich bedacht, aber gewiß nicht überschäumend fröhlich war. Man schaute versonnen in den Kerzenschein der herrlich geschmückten Tanne, trank genießerisch die köstliche Weihnachtsbowle, knabberte Süßigkeiten und unterhielt sich. Doch klang dabei kein herzfrohes Lachen auf, es gab keine leuchtenden Augen, keine strahlenden Gesichter – nicht einmal ein enttäuschtes, wie Lolith es am vorigen Weihnachtsabend gezeigt, weil unvernünftige Wünsche nicht erfüllt waren. An die Frau dachte man nicht einmal. Sie war so ausgelöscht aus dem Leben der drei Menschen, als wäre das Jahr, wo man sie um sich gehabt, gar nicht gewesen.

Der Sturm tobte unentwegt um das Schloß, schüttelte die Jalousien, heulte in den Kamin und blies so heftig hinein, daß die Flammen gierig nach den Scheiten leckten und ein Funkenregen hochstob.

»Das wütet draußen ja nicht zu knapp«, tat der Hausherr einen langen Zug aus dem Glase. »Ein Glück, daß Gundis nicht gerade unterwegs war, als sich der Sturm so plötzlich erhob. Wie leicht hätte sie dabei zu Schaden kommen können, dieses nichtsnutzige Gör, das mir heute fehlt wie kaum jemals zuvor.«

»Und wenn die Kleine da ist, dann ärgerst du dich über sie«, neckte die Gattin, und er brummelte.

»Doch nur, weil sie so gar kein Zugehörigkeitsgefühl besitzt – wenigstens zu uns nicht. Die im Lindenhaus allerdings, die gehen ihr über alles. Und das ärgert mich. Sie könnte den Himmel auf Erden hier haben, wenn sie nur lieb und nett wäre.«

»Ei, wenn du es zu ihr wärest, liebster Mann, hm?«

»Kann ich nicht, weil ihre ganz verflixte Art mich ständig reizt. Ein Balg wie ein Bild, dazu herzfröhlich wie ein Vogel auf dem Ast. Sonnig und wonnig – und davon profitieren nur die im Lindenhaus. Bei uns gibt es nur ›Pflichttage‹ für sie. Schon die Bezeichnung allein ist für mich ein rotes Tuch.«

Er leerte sein Glas in einem Zuge und machte ein so saures Gesicht dabei, als hätte er Essig geschluckt. Mutter und Sohn lachten amüsiert, was ihm ganz und gar nicht gefiel.

»Macht euch nur über mich lustig.«

»Aber das tu ich ja gar nicht, bester Mann«, beschwichtigte Frau Beatrice. »Ich mag die Kleine genauso gern wie du. Aber mit Gewalt ist da doch nichts zu machen. Sie hat nun einmal nichts für uns übrig, während die im Lindenhaus ihr Herzchen besitzen. Vielleicht wäre es klug, diese ins Haus zu ziehen.«

»Das ist ein guter Gedanke, Beatrice. Laden wir also die Leutchen zu Silvester ein. Hoffentlich sehen wir Gundis vorher noch, damit wir ihr die Einladung übermitteln können.«

Doch, sie sahen sie. Und zwar erschien sie am dritten Feiertag hoch zu Roß, weil hauptsächlich im Wald die Wege stellenweise so verschneit waren, daß man mit dem Auto kaum durchkam. Durchgefroren, sonst jedoch frohgemut und guter Dinge, meldete sie sich zur Stelle.

»Frohes Fest«, trat sie ins Zimmer, wo man geruhsam beisammen saß. Die Augen strahlten in dem frostroten Gesichtchen, der Mund lachte. »Ich muß doch mal sehen, wie es euch geht.«

»Sehr gnädig«, spottete der Vormund. »Daß du dich auf uns besinnst, ist direkt ein Wunder.«

»Aber Onkel Konrad, wie kann man nur«, lachte sie ihn lieblich an, indem sie in der Runde Platz nahm. »Wie sollte ich denn bei dem Schneesturm, der sogar gestern noch tobte, wohl hierher gelangen. Mit dem Auto geht es auch heute noch nicht, aber zu Pferd schaffte ich es ganz gut. Nur durchgefroren bin ich und hätte gegen einen Grog von Rotwein nichts einzuwenden.«

»Unverbesserlich«, brummte der Hausherr, ein Schmunzeln dabei unterdrückend. »Rücke näher an den Kamin, damit du zuerst einmal auftaust.«

Das tat sie und labte sich später an dem heißen Getränk, das auf Gebot der Hausherrin der Diener brachte. Es tat auch bald seine Wirkung. Das Gesichtchen glühte, und ein wohliges Behagen durchströmte den verklammten Körper.

»Du bist doch von einem unerhörten Leichtsinn, Gundis«, bemerkte die Gräfin kopfschüttelnd. »Es klirrt draußen vor Kälte, und du reitest lustig drauflos. Ein Wunder, daß du bei dem eisigen Wind nicht erstarrtest.«

»So schlimm ist es nun auch wieder nicht, Tante Beatrice. Aber ich sehe schon, wie ich es mache, ist es auf jeden Fall falsch. Wäre ich nicht gekommen, hätte man es mir übel vermerkt, komme ich, ist's auch wieder nicht gut. Na ja, resigniere ich eben.«

»So siehst du gerade aus«, lachte Argulf. »Dir scheint es ja gut zu schmecken. Gib nur acht, daß du dir keinen Schwips antrinkst.«

»Dann komme ich wenigstens nicht aus der Übung«, gab sie mutwillig zurück. »Am Heiligabend hatte ich mir nämlich einen entzückenden angeprostet. Ihr auch?«

»O nein, so unsolide sind wir nicht. Noch vor Mitternacht lagen wir bereits im Bett.«

»Das kann man allerdings solide nennen. Wir gingen nicht so früh in die Halala. Auch gestern wurde es ziemlich spät; denn am Nachmittag überraschten Trusebüchens uns mit ihrem Besuch. Stefanie wollte es durchaus, und da das Wetter sich so einigermaßen ausgetobt hatte, konnte man die Fahrt im Schlitten wagen.

Schaut mal diesen Ring, ist er nicht entzückend?« zeigte sie auf den Finger, auf dem ein Smaragd, in kleine Brillanten gefaßt, funkelte. »Den hat uns Stefanie geschenkt, aus Dank – na – und so weiter. Petra erhielt nämlich den gleichen, und auch die großzügige Geberin trägt ihn als Talisman unserer Freundschaft, die sie auf Leben und Tod von uns verlangt. Nun, Petra und mir ist es recht. Wir mögen Stefanie gern, seitdem sie so aufgeschlossen ist. Sie kann jetzt sogar reizend sein, was die Großeltern unsagbar beglückt. Silvester wollen wir zusammen feiern –«

»So, so –«, grollte der Vormund dazwischen. »Alles bereits abgemacht, ohne mich vorher zu fragen. Aber mitnichten, mein Kind, du wirst Silvester hier feiern. Und damit sich dir nicht wieder ein Hindernis in den Weg stellt wie am Weihnachtsabend, kannst du bis Ende des Jahres gleich hierbleiben.«

Das eben noch so lachende Gesicht verfinsterte sich, die Augen wurden blank und trotzig. Und so trotzig klang auch die Stimme:

»Wenn es sein muß – dann füge ich mich eben.«

»Gundis, Kind, sei doch nicht so trotzig«, mahnte die Tante. »Gib dem Onkel ein gutes Wort und du sollst mal sehen.«

»Das ist wahrlich zu viel verlangt, Tante Beatrice«, brach es nun aus dem Mädchen heraus. »Wo ich doch ganz genau weiß, daß man mich mit dem Befehl, an besonders wichtigen Tagen hier zu erscheinen, nur schikanieren will. Denn es kann euch doch unmöglich etwas daran liegen, so ein mißratenes Geschöpf wie ich es in euren Augen bin, um euch zu haben. Und wenn du mich da noch so böse ansiehst, Onkel Konrad, einmal muß ich dir das sagen. Und nun tu, was du nicht lassen kannst. Brumme mir meinetwegen noch einen ›Pflichttag‹ in der Woche auf. Ich werde mich fügen, weil ich mich fügen – muß. Zwanzig Monate noch, dann bin ich mündig.«

»Aber die genügen, um dir deinen Trotzkopf gehörig auszutreiben«, entgegnete der Vormund scharf. »Wenn du nicht so unerhört ungezogen gewesen wärst, hätte ich wahrscheinlich mein Gebot zurückgezogen und dich morgen im Schlitten zum Lindenhaus geschickt. Ich wäre sogar noch weiter gegangen, indem ich deine Tante, die kleine Petra und den Herrn Justizrat gebeten hätte, Silvester bei uns zu verleben –«

»Meine Angehörigen wären gar nicht gekommen«, warf

Gundis immer noch vertrotzt ein – und da war es um die Beherrschung des Mannes geschehen.

»Nun ist's aber genug!« rief er in hellem Zorn. »Eine Ohrfeige müßte ich dir geben –«

»Konrad, so mäßige dich doch«, schaltete sich nun die Gattin ein. »Geh jetzt, Gundis, damit der Onkel sich beruhigt.«

Wortlos erhob sie sich und verließ das Zimmer. Unter den Zurückbleibenden herrschte zuerst einmal Stille, die dann die gelassene Stimme des jungen Grafen unterbrach –

»Was du tatest, war grundverkehrt, Vater. In der Art ziehst du so ein eigenwilliges Mädchen nicht zu dir heran, wie du es gern möchtest, sondern stößt es immer mehr von dir ab.«

»Das wollen wir zuerst einmal sehen. Sie soll schon noch das Bitten lernen.«

»Darauf kannst du lange warten. Die beißt sich eher die Zunge ab, als daß sie dich um etwas bittet.«

»Dann bleibt sie eben bis Silvester hier.«

»Mein lieber Konrad, du bist bestimmt nicht weniger eigenwillig als das Mädchen«, besah sich Frau Beatrice den Gatten kopfschüttelnd. »Oder besser gesagt: Versessen auf deinen Willen. Du weißt, daß ich dir in Gundis Erziehung nie dreingeredet habe, dich stets schweigend gewähren ließ. Und ich will dir auch jetzt keine Vorschriften machen, sondern dir nur zur Warnung sagen: Allzu straff gespannt, zerreißt der Bogen.«

Diese ruhig gesprochenen Worte erreichten das Gegenteil von dem, was sie bezwecken sollten, nämlich, den Mann zur Einsicht zu bringen. Denn daß die Gattin mit ihm nicht einer Meinung war, kam sehr selten vor. Er stand auf, ging hinaus, während der Sohn lachend sagte:

»Und das in unserer wohltemperierten Familie.«

»Laß ihn laufen, mein Sohn«, lachte sie mit ihm. »Wenn er sich beruhigt hat, kommt er schon wieder – und zwar vernünftig. Das habe ich in den langen Ehejahren wenn auch nicht oft, so doch einige Male erfahren können. Er ist eben ein Mensch, der keinen Widerspruch verträgt, wonach ich mich im großen und ganzen richte und somit viel zur Harmonie unserer

Ehe beitrug. Aber ab und zu muß man schon widersprechen, das geht nun mal nicht anders. Denn wohin soll das führen, wenn er Gundis immer mehr seinen starren Willen aufzwingt? Höchstens nur, daß sie rebellisch wird. Ich fürchte ohnehin, daß sie aufmuckt und ausrückt, sich hinter den Justizrat steckt und dieser nun wirklich tut, womit er schon einmal drohte: Bei dem Vormundschaftsgericht vorstellig zu werden.«

Das sagte sie auch dem Gatten unter vier Augen, sobald sie seiner habhaft werden konnte. Zuerst brauste er auf, doch dann mäßigte er sich rasch.

»Verzeih meine Heftigkeit, Beatrice, aber das vertrotzte Mädchen macht mich noch rasend. Es muß doch schließlich spüren, wie gern man es hier hat.«

»Gundis spürt es aber nicht, Konrad. Wie falsch sie alles auffaßt, hat man ja ihrer Anklage entnehmen können, zu der sie sich das erste Mal hinreißen ließ. Sie sieht eben alles, was von uns kommt, als Schikane an. Ich an deiner Stelle würde sie einfach gewähren lassen. Kommt sie her, ist's gut, bleibt sie fort, bitte.«

»Dann sehen wir sie überhaupt nicht mehr, wie?« begehrte er wieder auf, und da nahm sie ihn bei den Ohren, zog seinen Kopf zu sich und drückte ihre Lippen auf die seinen.

»O du Querkopf«, lachte sie herzlich. »Du könntest glatt der Vater von dem Trotzköpfchen Gundis sein.«

»Wäre mir schon recht«, schmunzelte er. »Ist sie überhaupt noch oben in ihrem Zimmer?«

»Aha, also rechnest du auch damit, daß sie ausgerückt ist. Ich will mal nachsehen, was sich tut. Ist Gundis noch da, werde ich ihr zu verstehen geben, daß sie sofort ins Lindenhaus zurückkehren kann, wenn sie sich bei dir entschuldigt.«

»Da sehe ich schwarz«, meinte er verlegen, und sie lachte.

»Ich auch, Konrad. Denn ein vertrotztes Kind zur Abbitte zu bewegen ist ebenso schwierig, wie einem verbockten jungen Pferd die Kandare anzulegen.«

»Dann laß ab von dem schwierigen Beginnen, liebste Frau. Warten wir der Dinge ab, ob so oder so.«

»Na endlich!« frohlockte sie. »Schwer war der Kampf, aber schön ist der Sieg.«

Sie sahen sich lächelnd in die Augen und lächelten sich auch zu, als sie das Speisezimmer betraten und Gundis hinter ihrem Stuhl stand. Und zwar gar nicht vertrotzt, sondern gleichmütig. Als man bei Tisch saß, sagte der Hausherr so nebenher:

»Obwohl du für dein ungezogenes Benehmen Strafe verdient hättest, Gundis, will ich diesmal noch Milde walten lassen. Wenn du willst, kannst du heute nach dem Lindenhaus zurückkehren und auch über Silvester dort bleiben. Dein Pferd laß hier. Argulf wird dich im Schlitten fahren.«

»Danke, Onkel Konrad.«

Ganz knapp war das gesagt, ohne freudige Erregung und auch ohne jede Spur von Dankbarkeit. Es tat dem Grafen schon leid, sich zu dem Angebot überwunden zu haben, und seine Stirn rötete sich bedenklich. Doch ehe er noch etwas sagen konnte, fing er den bittenden Blick der Gattin auf und schluckte seine Empörung hinunter. Man sprach rasch von etwas anderem und beendete das Mahl in gemütlicher Plauderei. Eine halbe Stunde danach verabschiedete Gundis sich von dem gräflichen Paar.

»Auf Wiedersehen, mein Kind, komm gesund ins neue Jahr.«

»Danke, Tante Beatrice, du auch und Onkel Konrad mit dir.«

Kein bittendes Wort, kein bittender und auch kein trotziger Blick, sondern nur Gleichgültigkeit. So wandte sie sich ab und ging zum Schlitten, wo der junge Graf bereits auf sie wartete. Ohne Widerrede schlüpfte sie in den Pelz, den er ihr hinhielt. Nachdem er sie noch fürsorglich in die Pelzdecke gewickelt hatte, nahm er neben ihr Platz, griff nach der Leine, und schon trabten die Pferde munter los. Lustig klang das Schellengeläut durch die frostklare Luft. Auf den Bäumen lag der Schnee dick und funkelnd, wie mit Glitzerwatte geschmückte Weihnachtsbäume sahen sie aus.

»Nun, Gundis, ist dir etwa dein Mäulchen eingefroren?« fragte neckend ihr Begleiter, als sie beharrlich schwieg.

»Laß mich in Ruhe.«

»Aha, also doch noch offen. Frierst du, weil du so ungemütlich bist?«

»Nein, mir ist warm. Ich denke mir das Beste und
– schweige.«

»Eine vernünftige Ansicht, die auch ich mir zu eigen
machen werde.«

»Na, bei dir kann man sich über Schwatzhaftigkeit doch
wahrlich nicht beklagen. Du sitzt doch manchmal stundenlang
da, ohne ein Wort von dir zu geben.«

»Soll das nun ein Kompliment oder eine mißbilligende
Feststellung sein?«

»Nimm es, wie du willst.«

»Danke, nun schweige weiter.«

Da mußte sie denn doch lachen. Hellklingend wie die
Glöcklein am Pferdegeschirr, durchflatterte es die schweigende Winterlandschaft.

»Du wärst eigentlich gar nicht so übel, Argulf, wenn du
nicht gerade –«

»Nun, warum sprichst du nicht weiter?«

»Ach, laß das.«

»Dann werde ich es für dich tun: Wenn du nicht gerade
Hagelungen hießest und im Föhrengrund wohntest. Stimmt's,
Gundis?«

Lächelnd sah er in die Augen, die der hochgeschlagene
Pelzkragen gerade noch freigab. Doch sie hielten seinen Blick
nicht fest, die Lider senkten sich rasch. Die Lippen murmelten
etwas, was er nicht verstand. Daß es aber kein Segenswunsch
für ihn war, konnte er sich denken.

Jetzt war der Wald zu Ende, und die freie Landschaft tat
sich auf. So weit das Auge reichte, bedeckte unberührter
Schnee die Erde. Die verstreuten Gehöfte standen wie in
Watte gepackt da, die Bäume trugen glitzernden Rauhreif.
Der Horizont, hinter dem die Sonne soeben verschwunden
war, schien in Flammen zu stehen, die ihren Widerschein über
die schneebedeckten Felder warfen und sie rosenrot erscheinen ließen. Alles in allem ein Bild, das selbst einen nicht
naturliebenden Menschen entzücken mußte, vielmehr denn
die beiden im Schlitten, die ihr tief verbunden waren.

»Wunderbar schön –«, sagte Gundis andächtig. »Man
könnte weinen.«

»Man ja nicht, die Tränen frieren bestimmt an den Wangen fest.«

»Du bist ein gräßlicher Mensch!« entrüstete sie sich. »Kannst du denn niemand und nichts ernst nehmen? Bist du denn ganz ohne Gemüt?«

»Wozu denn. Ohne ist das Leben bedeutend bequemer. Es ist töricht, sein Herz mit unnützem Ballast zu beschweren. Erdolche mich nicht mit deinen Blicken. Wenn ich tot umfalle, hast du den Ballast mit mir.«

Da mußte sie wieder hellauf lachen, wie sie es vorhin schon im Walde tat.

»Das kommt davon, wenn man mit dir reden will wie mit andern Menschen. Überhaupt, wenn man dich – ernst nimmt.«

»Bravo, Kleine, du hast entschieden Haare auf den Zähnchen«, fiel er in ihr Lachen ein. »Aber gut so. Besser als schweigend dulden und leiden.

Aber schau mal dorthin, man scheint im Lindenhaus Kaffee zu kochen«, zeigte er auf den Schornstein, aus dem heller Rauch steil in die klare Luft stieg. Das Haus lag nun, da keine belaubten Äste es verdeckten, dem Auge ziemlich frei. Durch die verhängten Fenster schien das Licht, das man bereits in den Zimmern brannte, heimelig und traut. Wie geschmückte Weihnachtsbäume umstanden die alten Linden das anheimelnde Haus.

»Wie wunderschön ist doch so ein Nachhausekommen«, sagte Gundis leise und verträumt, ganz vergessend, daß sie neben dem Mann saß, dem sie vor Minuten noch Gemütlosigkeit vorwarf. »Wie werden die Meinen sich freuen, daß ich so unerwartet auftauche. Es geht doch nichts über ein trautes Zuhause mit lieben Menschen darin.«

Eine Bewegung Argulfs ließ sie aus ihrer Versunkenheit aufschrecken. Wie bei einem Unrecht ertappt, wurde sie glühend rot.

»Du kannst hier halten«, sagte sie hastig, was ihn jedoch nicht störte, in die Einfahrt zu biegen und erst vor der Haustür die Pferde zu zügeln. Und ehe der Mann dazu kommen konnte, hatte Gundis sich schon von der Pelzdecke befreit, sprang vom Schlitten und winkte ihm zu.

»Besten Dank für die Heimfahrt, Argulf. Komm gut ins neue Jahr.«

Schon schloß sich die Tür hinter ihr, und der Mann machte kehrt und fuhr mit verhängten Zügeln davon.

*

»Was, du bist schon wieder hier?« rief Petra der Eintretenden freudestrahlend zu. »Das ist ja herrlich! Wie hast du das nur bei deinem Baubau von Vormund zuwege gebracht, daß er dich heute schon kommen ließ? Und was für einen Pelz trägst du? Den kenne ich ja gar nicht. Und im Reitdreß bist du auch nicht? Wie kamst du denn hierher?«

»Halt ein, du Ungestüm«, wehrte Gundis lachend. »Vier Fragen auf einmal kann man nicht gut beantworten. Tu ich es also der Reihe nach. Erstens: Mein Baubau bot mir von sich aus an, nach Hause zu fahren. Zweitens: Der Pelz gehört Tante Beatrice. Drittens: Im Reitdreß bin ich nicht, weil ich mich zum Mittagessen umziehen mußte. Viertens: Ich kam im Schlitten hierher, den Argulf, Graf Hagelungen, höchstpersönlich kutschierte. Zufrieden, Fräulein Neugier?«

»Noch nicht. Was schenkte man dir zu Weihnachten?«

»Nichts.«

Jetzt war Petra so verdutzt, daß sie den Mund zu schließen vergaß und daher nicht sprechen konnte. Die kurze Pause benutzte Gundis, um die Tante nebst dem Justizrat zu begrüßen, die herzlich über die Kleine lachten, die stocksteif mitten im Zimmer stand.

»Da muß ich schon sagen, daß ich platt wie eine Flunder bin«, war das Mäulchen nun wieder klar zum Gefecht. »Also nichts schenkten sie dir? Das sieht ihnen nämlich ähnlich. Und was sagten sie zu deinem Angebinde?«

»Das vergaß ich ganz abzuliefern.«

»Jetzt sage ich überhaupt nichts mehr.«

»Ein löblicher Vorsatz, der uns zugute kommt«, schmunzelte Eiwer. »Da kann Gundis wenigstens erzählen, ohne andauernd unterbrochen zu werden.«

»Da gibt es nicht viel zu erzählen, Onkel Alfred. Warum

Onkel Konrad so gnädig war, mir zu gestatten, heute schon nach Hause zu fahren, weiß ich nicht. Ist ja auch egal, Hauptsache, er tat es. Es ging dann alles so rasch, daß man an die Weihnachtsgeschenke, die man bestimmt für mich hat, gar nicht mehr dachte. Ich vergaß ja auch, meine Kleinigkeiten zu überreichen. Argulf brachte mich im Schlitten hierher, weil man fürchtete, daß ich auf dem Pferd vor Kälte erstarren könnte.«

Es wurde alles so harmlos vorgebracht, daß man kein Aber dabei vermutete. Und so wollte Gundis es haben. Wozu da groß erklären, daß sie mit ihrem Vormund aneinandergeraten war und ihm zum erstenmal ihre Meinung gesagt hatte? Das gab dann sicher hier eine Debatte, vor der sie sich scheute. Sie setzte sich schon allein durch, und wenn ihr das nicht gelang, so war es immer noch Zeit, Onkel Alfreds Hilfe anzurufen. Eine vernünftige Einstellung, die selbst dem gestrengen Vormund imponiert hätte, wenn sie ihm bekannt gewesen wäre.

Am Silvestervormittag schickte man Gundis zur Stadt, um dringende Einkäufe zu machen; denn sie war die einzige im Lindenhaus, die man entbehren konnte. Das behauptete jedenfalls Petra, die überall herumwirbelte und in ihrem Eifer mehr hemmend als nützend wirkte. Zwar erwartete man am Abend nur Familie Trusebüchen und selbstverständlich auch den Justizrat, aber man machte ein Leben, als wenn dreißig Personen anrücken sollten. Nun fehlte dieses und jenes, was selbst die sonst so ruhige Tante Gerta in Aufregung versetzte. Also mußte Gundis zur Stadt, wozu sie auch sofort bereit war.

Vergnügt machte sie sich auf den Weg, und zwar zu Fuß, weil das als am zuverlässigsten erachtet wurde. Denn das Auto zu benutzen, schien immer noch ein Wagnis, da die Chaussee streckenweise sehr glatt und dann wiederum verschneit war. Und hoch zu Roß machte es bei der klirrenden Kälte gewiß keinen Spaß.

Aber auch nicht zu Fuß. Verflixt noch eins, die Frostluft drang durch Mark und Bein. Nachdem Gundis kaum einen Kilometer gegangen war, fühlte sie kaum noch Hände und Füße. Umkehren? Das wäre! Was sie sich vornahm, das führte sie auch durch.

Und siehe da, diese Standhaftigkeit sollte belohnt werden. Denn als sie auf halbem Wege war, holte sie ein Schlitten ein, auf dem ein Bauer saß und gemütlich sein Pfeifchen schmauchte. Ihm konnte die Kälte nichts anhaben in dem dicken Schafspelz dito Mütze, die so über Stirn und Ohren gezogen war, daß man von dem ganzen Mann nur Augen, Nase und Mund zu sehen bekam. Also konnte er vergnügt dem eisigen Lüftchen trotzen, und da ein gutes Herz in seiner Brust schlug, erbarmte ihn das junge Wesen, das einen Rücksack auf dem Rücken trug und durch den knirschenden Schnee stampfte.

»Sie sind aber forsch, Fräuleinchen. Bei dem Wetter jagt ja nicht einmal der Bauer seinen Hund raus, und Sie spazieren so mittenmang durch die eisige Luft. Wollen Sie mitkommen?«

»Von Herzen gern, mein Herr. Sie hat doch bestimmt der liebe Gott geschickt, zu dem mein Stoßgebet emporbettelte.«

»Scheint mir auch so. Denn man rein in die gute Stube! Kuscheln wir uns aneinander, dann gibt's Glut, bei der Hitze, die wir beide ausströmen.«

Lachend stieg Gundis in das hochwillkommene Gefährt. Ihr Retter in der Not stopfte fürsorglich die Pelzdecke um die verklammten Beine, und unter lustigem Glockengeläut sauste der Schlitten ab. Zum Dank dafür, daß sie mitgenommen wurde, fühlte Gundis sich verpflichtet, ihren Nachbarn zu unterhalten, der dann auch über das ganze faltige Gesicht schmunzelte. Potztausend, das war schon ein trautes Marjellchen, so was schuf der Herrgott nicht alleweil. Er bedauerte es, als die Stadt erreicht war und seine Begleiterin sich mit warmen Dankesworten verabschiedete.

Lachend trennte man sich, und der Schlitten klingelte weiter, während Gundis das Geschäft betrat, um ihre Einkäufe zu machen. Sie fanden im Rucksack Platz – und weiter ging's von Laden zu Laden, bis alles besorgt war, was Tante Gerta ihr aufgetragen hatte.

So, das wäre geschafft – atmete Gundis auf, als sie aus dem letzten Geschäft auf die Straße trat. Wenn ich nun wieder Glück habe –

Und sie hatte es. Denn ihr entgegen kam Graf Argulf

– stutzte – und blieb dann stehen.

»Ja, Gundis, was machst du denn bei diesem eisigen Lüftchen in der Stadt?« fragte er verwundert. »Dazu mit prallgefülltem Rucksack? Scheußlich!«

»Schilt mir diesen praktischen Begleiter nicht«, erwiderte sie lachend. »Er hilft die Lasten tragen, wobei man wunderbar die Hände in den Manteltaschen halten kann. Woher des Wegs, vieledler Herr?«

»Von zu Hause, um Einkäufe zu machen. Daß du diese bereits getätigt hast, sehe ich an dem Höcker, der deinen Rücken verunstaltet.«

»Du bist abscheulich. Wie geht's zu Hause?«

»Leider nicht befriedigend. Mutter fühlt sich nicht wohl.«

»Doch wohl nichts Ernstliches?«

»Ich hoffe nicht. Anscheinend nur eine Erkältung. Aber da eine bei Mama so selten ist, nimmt Vater sie ungeheuer tragisch. Am liebsten möchte er der Ärmsten sämtliche Ärzte, derer er habhaft werden könnte, auf den Hals hetzen, doch zu seiner Kümmernis verzichtet sie auf sämtliche. Zur Strafe tyrannisiert er sie mit einer Überängstlichkeit, die sogar mir auf die Nerven fällt.«

»Da muß denn wirklich alles dran sein«, lachte Gundis hellauf. »Denn deine Nerven sind ganz gewiß nicht leicht zu erschüttern. Grüß bitte Tante Beatrice von mir, ich lasse baldige Besserung wünschen. Und du komm gut ins neue Jahr.«

»Danke, ich werde mich hineinschlafen. Und du?«

»Ich werde mich hineinschwipsen, mit meinen Lieben und Familie Trusebüchen zusammen. Jetzt laß uns eilen, bevor wir hier festfrieren.«

»Wie bist du hergekommen?«

»Per pedes.«

»Sieht dir Leichtsinn ähnlich. Ich garantiere mindestens für angefrorene Füße und ein angefrorenes Näschen. Es ist nämlich schon weißblau.«

»Du bist ein gräßlicher Mensch!« entrüstete sie sich. »So etwas einer Dame zu sagen. Und nun endgültig Schluß für heute.«

»Mitnichten, mein Kind. Zuerst gehen wir einmal in die Konditorei und trinken dort einen Glühwein, damit du auftaust. Anschließend steigst du zu mir in den Schlitten, der dich sicher nach Hause bringen wird.«

»Kein schlechter Gedanke«, erwiderte sie fröhlich. »Offen gestanden spüre ich in meinem Magen so etwas wie eine Eisschicht, die unbedingt aufgetaut werden muß. Zwar habe ich wenig Zeit, aber eine halbe Stunde läßt sich schon noch abknapsen.«

»Nur gut, daß du mit dieser Einwendung zuletzt kamst. Denn das ›Nicht-Zeit-Haben‹ ist bei euch Mädchen immer eine beliebte Ausrede –«

»Die anzuwenden ich bei dir bestimmt keinen Grund habe«, warf sie trocken ein. »Du bist doch kein unbequemer Verehrer, den ich gern los sein möchte.«

Da lachte er sein sonores, warmes Lachen, das man leider so selten an ihm hörte –

»Hast recht, kleine Gundis. Und nun hopp, damit du endlich ins Warme kommst.«

Nach einigen Minuten war die Konditorei erreicht, die heute mehr Zuspruch hatte, als es sonst um diese Vormittagsstunde zu sein pflegte. Das machte wohl die Kälte, bei der man leicht versucht wurde, auf halbem Wege einzukehren und durch einen heißen Trunk die verklammten Glieder wieder flottzumachen.

Als das junge Paar eintrat, schlug ihm die warme Luft förmlich entgegen. Fürsorglich suchte Argulf nach einem Tisch, der in der Nähe der Heizung stand und war dann seiner Begleiterin beim Ablegen behilflich.

»Verflixt, ist das Ding schwer«, wog er kopfschüttelnd den Rucksack in der Hand. »Und mit der Last auf dem Rücken gedachtest du die vier Kilometer loszutippeln, dazu noch bei dem eisigen Wetter. Ganz Gundis.«

»Soll das nun eine Mißbilligung oder eine Anerkennung sein?« erkundigte sie sich lachend, während sie Platz nahm.

»Ist das so schwer zu erraten?«

»Bei dir schon. Da weiß man nämlich nie, woran man ist.«

»Komisch – und dabei bin ich der unkompliziertesten

Menschen einer.«

»Na eben. Wie mögen da wohl die kompliziertesten beschaffen sein. Doch streiten wir uns nicht, dazu bin ich viel zu friedfertig.«

Und sie wurde es noch mehr, nachdem sie das erste Glas geleert hatte, dessen Inhalt wie Feuer durch die verklammten Glieder floß. Das Gesicht begann zu glühen, Hände und Füße wurden heiß wie Bolzen. Der Mund lachte mit den Augen um die Wette.

»Nun, tat ich recht damit, dich zu dem Trunk zu verleiten?« fragte er schmunzelnd. »Du glühst ja wie eine Pfingstrose mitten im Winter.«

»O ja, ich glühe – und das ist schön. Ich habe aber auch einen Dusel, der einzig dasteht. Auf dem Hinweg nahm mich ein Bauer mit, auf dem Rückweg gedenkt es der Herr Graf zu tun. Also Herz, was verlangst du mehr. Prosit, Argulf, du sollst leben!«

»Bei einem leeren Glas prostet es sich schlecht«, gab er lachend zurück. »Daher sind wir gezwungen, es wieder füllen zu lassen. Aber nicht so hastig trinken, sonst sind die Beinchen futsch und ich muß dich auf meine starken Arme nehmen und in den Schlitten tragen.«

»Wie prophetisch«, wollte der arge Schelm sich ausschütten vor Lachen. »Man denke sich: Der arrogante Graf Hagelungen stelzt mit einer süßen Last im Arm die Straße entlang. Da würden die Menschen aber Augen machen!«

Sie war einfach unwiderstehlich in ihrem Übermut. Er amüsierte sich köstlich über das frischfröhliche Geschöpf, das so ganz frei war von jeglicher Koketterie. Eine wundersame Menschenblüte, von Herbheit und Süße zugleich.

»Jetzt können wir gehen«, machte sie dann ihrem Übermut ein Ende. »Warm bin ich, leichtbeschwingt auch, also kann die Kälte draußen mir nichts mehr anhaben.«

Nachdem er gezahlt hatte, half er ihr in den Mantel, ließ sich von dem Ober in den seinen helfen und trat dann mit einer Begleiterin auf die Straße, den Rucksack in der Hand. Über diesen ungewohnten Anblick mußte sie schon wieder lachen.

»O Argulf, wozu du dich herabwürdigen mußt!«

»Halt ein, du Schlingel, gib lieber acht, daß du auf dem festgetretenen Schnee nicht ausgleitest. Meinen Arm kann ich dir leider nicht bieten.«

»Warum denn nicht? Ich kann doch wohl am Arm meines Onkels spazieren gehen«, blitzte sie ihn an. »Aber keine Angst, ich bringe dich schon nicht in Verlegenheit – – –

Halt, da fällt mir etwas ein. Warte hier auf mich, ich komme gleich wieder.«

Ehe er eine Frage stellen konnte, verschwand sie in dem Blumengeschäft. Als sie dann zu dem Wartenden zurückkehrte, hielt sie ein seidenpapierumhülltes Etwas in der Hand –

»So, diese Blumen überbringst du in meinem Namen Tante Beatrice – weil sie sich doch nicht wohl fühlt«, setzte sie unter seinem sonderbaren Blick hastig hinzu, wobei ihr das Blut in die Wangen schoß. »Ich hoffe, daß sie sich ein wenig darüber freuen wird.«

»Nicht ein wenig, sondern sehr, mein liebes Kind. Und nun komm rasch, damit diese herzliche Angelegenheit nicht womöglich noch erfriert.«

»Tut sie nicht, weil sie extra warm umhüllt ist. Doch munter ausschreiten können wir trotzdem.«

Im Schlitten hüllte er sie erst einmal bis zur Nasenspitze in eine flauschige Decke, bevor er die pelzige um sie schlug. Dabei sagte er kopfschüttelnd:

»Da besitzt das Mädchen nun einen Pelz und spaziert im Mäntelchen lustig darauf los bei zwanzig Grad Kälte.«

»Pelz und Rucksack verträgt sich nicht, mein Lieber. Und jetzt denke auch an dich; denn ich sitze bereits wie am Backofen. Wo hast du die Blumen gelassen?«

»Die liegen wohlverwahrt im Kasten.«

Kaum daß er neben ihr saß, stoben die unruhigen Pferde auch schon davon. Die Sonne schien vom blauen Winterhimmel. Aber viel Wärme gab sie nicht her, dafür war die Luft zu eisig. Die Schellen an den Riemen des Pferdegeschirrs läuteten lustig, die Rosse schnaubten und rührten hurtig die feingefesselten Beine. Vermummt wie die Weiblein saß Gundis neben dem Mann, der geruhsam seine Shagpfeife rauchte.

»Ist das wohl schön, Argulf?« fragte sie versonnen. »Es geht doch nichts über eine Schlittenfahrt an einem frostklaren, sonnigen Wintertag.«

»Ich kann mir schon was Schöneres denken«, kam es trocken zurück.

»Was denn zum Beispiel?«

»Kleines Mädchen, dir das auf dein schnippisches Näschen zu binden, dazu verspüre ich nicht die geringste Lust. Aber wie wär's, möchtest du den Strauß nicht persönlich bei meiner Mutter abliefern?«

»Und wie komme ich ins Lindenhaus zurück? Denn dort sein muß ich zur Silvesterfeier unbedingt.«

»Kannst du, ich fahre dich schon zur Zeit hin. Und nun tu deine weiteren Bedenken kund.«

»Habe ich nicht. Mich lockt die Fahrt durch den Winterwald bei Sonnenschein. Warum soll ich mir da das Vergnügen nicht gönnen.«

»Bravo, Kleine, das war ein vernünftiges Wort. Dort sehe ich schon wieder den Schornstein vom Lindenhaus rauchen.«

»Kunststück, man hat ja da zu backen und zu brutzeln den ganzen Tag. Justinchen ist heute so richtig in ihrem Element, wobei Tante Gerta und Petra ihr eifrig Vorschub leisten. Halt bitte vor dem Tor. Ich liefere nur den Rucksack ab und bin gleich wieder zurück.«

»Vergiß aber nicht den Mantel mit dem Pelz zu vertauschen«, rief er ihr nach, die bereits im Laufschritt davoneilte. Nur ganz kurze Zeit brauchte er zu warten, dann erschien sie schon wieder, angetan mit dem Pelz und einer warmen Mütze, die tief über Stirn und Ohren gezogen war.

»So, da bin ich«, sagte sie fröhlich. »Man wollte mich zwar zurückhalten, aber mein Wille war stärker. Und nun auf zum Föhrengrund!«

*

»Ja sag mal, Gundis, wo kommst du so plötzlich her?« fragte Graf Konrad verblüfft, als er des Mädchens ansichtig wurde, das wie die Sonne selbst ins Zimmer lachte. »Und was sollen die Nelken?«

»Sie sollen die geplagte Kranke erfreuen.«

Artig beugte sie sich über die Hand der Dame, die warm gekleidet am prasselnden Kamin saß, legte ihr die Blumen in den Schoß und strahlte sie an –

»Gottlob, Tante Beatrice, daß du nicht kränker bist.«

»Sie ist krank genug«, brummte der besorgte Gatte. »Aber im Bett bleiben – kein Gedanke! Nun, die kommende Lungenentzündung wird ihr das schon beibringen – –«

Ein herzfrohes, klingendes Lachen perlte in seine Rede hinein und riß selbst diesen Skeptiker mit.

»Dummes Gör«, knurrte er, aber es klang kein bißchen unwillig. Im Gegenteil, wohlgefällig betrachtete er das junge Menschenkind, das ihn ganz respektlos auslachte.

»O Onkel Konrad, dir schweben ja gar zu grausige Bilder vor! Einen tüchtigen Schnupfen hat Tante Beatrice, weiter nichts.«

»Das mußt du Grünschnabel ja wissen. Nimm Platz und erzähle, wo du so unerwartet herkommst.«

Sie tat es – und siehe da, man war gerührt, was man sich aber beileibe nicht anmerken ließ. Kleine Ursache – große Wirkung – wie es ja so oft im Leben ist. Ein liebes, lachendes Gesicht, ein herzliches Wort, ein paar Blumen aus Aufmerksamkeit dargebracht, ließen zwei unbestechliche Herzen warm werden. Hauptsächlich das des Grafen Konrad. Denn was man seiner Gattin zuliebe tat, wog bei ihm weit mehr, als wäre ihm das geschehen.

»Hm ja – so ist das nun –« räusperte er sich, als gedächte er eine Rede zu halten. »Du siehst plötzlich um vieles frischer aus, liebste Frau. Vielleicht ist es tatsächlich nur ein Schnupfen –«

»Nicht vielleicht, sondern ganz bestimmt«, lachte sie herzlich. »Da siehst du, wie unnötig deine Sorge war.«

»Gott geb's. Wirst du am gemeinsamen Mittagessen teilnehmen können?«

»Natürlich. Ich habe sogar tüchtigen Hunger, da mein Frühstück nur karg bemessen war.«

Sie entwickelte denn auch einen vorzüglichen Appetit, der den Gatten beglückte. Er befand sich in einer Stimmung, daß er am liebsten alle Menschen glücklich gemacht hätte. Und als sein Blick auf Gundis fiel, ging ihm das Herz über.

Sie ist doch ein trautes kleines Ding – dachte er gerührt. Vielleicht war ich bisher immer zu streng. Damit gewinnt man wohl so ein zartes Herzchen nicht. Lieber mal ein wenig nachgeben und dabei strahlende Augen sehen, als unerbittlich sein und Trotz dadurch erwecken.

Na ja – um gutzumachen, dazu soll es wohl nie zu spät sein, sofern man es nur richtig anfängt.

Und ehe er sich recht versah, sagte er schon schmunzelnd:

»Du darfst dir von mir etwas wünschen, Gundis. Was es auch sei, es ist erfüllt.«

Zuerst sah sie ihn verblüfft an, doch dann zog es wie Sonnenschein über ihr Gesicht –

»Wie lieb von dir, Onkel Konrad. Ich habe aber keine Wünsche, wirklich nicht. Mir geht es doch so gut wie sonst keinem anderen Menschen.«

Dieses treuherzige Bekenntnis rührte den Herrn nun wieder. So bescheiden war das kleine Mädchen also. Gewiß, es ging ihm ja auch wirklich gut. Aber je mehr er hat, je mehr er will. Das war nun doch leider so bei den meisten Menschen.

»Hm –« meinte er nachdenklich. »Und wie wäre es, wenn ich deine ›Pflichttage‹ hier auflöste, wie?«

»Onkel Konrad, höre ich recht?« lachte sie hellauf. »Bist du meiner denn schon so leid geworden?«

»Dummes Ding, wenn man dir mal was Gutes tun will, dann faßt du es noch falsch auf.«

»Gekränkt? Oh, das tut mir aber leid.«

»Nun tu nur so, du scheinheiliges Persönchen. Was ich gesagt habe, das steht fest. Komm fortan, wann du willst und geh, wann du willst. Ich jedenfalls habe es satt, noch irgendeinen Zwang auf dich auszuüben –

Hm – ja – wie ist es übrigens, Beatrice. Sprachst du nicht von dem Weihnachtsgeschenk, das du vergessen hast, der Kleinen zu überreichen?«

»So ist es«, bestätigte sie lächelnd. »Das kommt davon, wenn sich keine Gelegenheit bietet, diese zur rechten Zeit anzubringen. Aber Nachgeschenke haben ja auch ihren Reiz.«

Das sollte Gundis erfahren, als sie später ihr Wohnzimmer betrat. Wie hingezaubert lagen da die reizendsten Dinge, die ein neunzehnjähriges Herz hochaufschlagen ließen vor Entzücken. Das waren also die Sachen, die man ihr zum Christfest zugedacht hatte –

Ordentlich beschämt stand sie davor – und sehr verlegen stattete sie an der Kaffeetafel ihren Dank den großzügigen Gebern ab. Sie wußte selbst nicht, wie lieb und zärtlich ihre Stimme dabei klang.

Kleine Ursache – große Wirkung – auch hier stellte sie sich ein. Es war ja nicht das erste Mal, daß Gundis hier etwas geschenkt wurde. Man hatte sogar jahrelang aus eigenen Mitteln für sie gesorgt wie für ein eigenes Kind. Aber das alles war so anders gewesen – so ganz anders als jetzt –

Woran lag das nur?

Jedenfalls geschah es heute zum erstenmal, daß Gundis sich ungern von den Menschen trennte, denen sie zeitweilig sogar fast feindselig gegenübergestanden hatte. Still und versonnen saß sie neben dem Grafen Argulf im Schlitten, der sie zum Lindenhaus fuhr. Hell stand der Vollmond an dem dunkelblauen Himmel, warf seinen milden Schein über den schweigenden Winterwald. Von schimmerndem Weiß umhüllt standen die Föhren und wirkten dadurch fremd und geheimnisvoll. Es war alles so anders als sonst, so unwirklich, so märchenhaft. Selbst die Schlittenglocken klangen so hell wie nie. Wie ein Jubeln war es, wie ein verheißendes, glückseliges Freuen.

Gundis befand sich in einer Stimmung, wie sie eine ähnliche noch nie verspürte. Man konnte sie fast als Revolution des Herzens bezeichnen.

Was hatte sie nur, was war ihr so plötzlich geschehen? Warum war das denn heute so anders als sonst?

Scheu streifte ihr Blick den Mann an ihrer Seite, ihn so eingehend betrachtend, als sähe sie ihn zum ersten Mal. Sollte er sich etwa verändert haben?

O nein – er nicht – aber sie. Und zwar so ungeahnt und spontan, daß sie förmlich davon überrumpelt wurde. Das konnte ja gut werden. Ein Seufzer entfloh ihren Lippen, der den Mann den Kopf nach ihr wenden ließ.

»Was hast du denn, Gundis?« fragte er verwundert. »Ist dir kalt?«

»Laß doch die dumme Frage«, antwortete sie heftiger, als gerechtfertigt gewesen wäre. »Das alles hier ergreift mich, kannst du das nicht verstehen?«

»Nein«, gab er ehrlich zu. »Was soll denn an diesem oft Geschauten wohl ergreifen?«

»Du bist eben ein Mann – und zwar einer ohne Gemüt.«

»Das habe ich schon einmal von dir gehört. Und weiter?«

»Kennst du die Gedichte von Frida Schanz?« kam jetzt die Frage, die ihn nicht wenig verwunderte. Kopfschüttelnd betrachtete er das Mädchen, das ihm heute so ganz anders vorkam, so ungewohnt, so fremd. Und noch mehr verblüfften ihn ihre Worte, die nun leise und verträumt über ihre Lippen kamen:

»Der Bach ist verstummt.
Und der Troß der Föhren
steht reglos unter dem schneeigen Flaum,
wie um die Erde nicht aufzustören
aus einem schwermüt'gen Traum – – –«

»Gundis, bist du etwa krank?«

»Nein, ich träume. Genauso wie die Föhren unter dem schneeigen Flaum. Aber das verstehst du nicht, du Mann ohne Herz.«

»Wohl mir, daß ich dessen ganz unwissend bin«, zuckte er die Achseln. »Aber dir, mein Kind, gebe ich den guten Rat, den dritten Glühwein an diesem Tage zu trinken und dich ins Bett zu legen. Denn es will mir scheinen, als wäre am Vormittag dein leichtsinniger Spaziergang durch Schnee und Eis nicht ohne Folgen geblieben.«

»Keine Angst, ich phantasiere nicht. Habe im Gegenteil einen ganz klaren Kopf und –«

»Und – Gundis?«

»Und – nichts.«

»Na schön. Nehme ich das Nichts mit der Begründung zur Kenntnis, daß selbst so ein vernünftiges Menschenkind wie du unter Stimmungen zu leiden hat. Dafür bist du ja schließlich erst neunzehn Jahre alt. Ein Alter, in dem das ›himmelhochjauchzend, zu Tode betrübt‹ eine Rolle spielen darf. Wer ist der Mann?«

Jetzt war es an ihr, verblüfft zu sein. Zuerst starrte sie ihn an, und dann lachte sie auf, lustig, übermütig. Und dieses Lachen scheuchte auch die ungewohnte Sentimentalität fort, die ihr direkt Unbehagen verursacht hatte.

»Ein Mann ist es schon, mein kühner Frager. Und zwar der oben im Mond. Schau zu ihm hinauf, gefällt er dir ebenso wie mir?«

»Mädchen, du bist schon ein arger Schelm«, stimmte er in ihr Lachen ein. »Bedenke, der Mann da oben ist unerreichbar.«

»Das ist mancher Mann auf Erden auch.«

»Und wenn es einer für dich sein würde, kleine Gundis – was dann?«

»Dann würde ich ihn aus der Ferne anhimmeln, genauso wie den da oben«, wehrte sie sich gegen den Zauber, der von der raunenden, zärtlichen Männerstimme ausging. »Aber vorläufig bist du mein Liebster«, winkte sie der blanken Scheibe zu. »Zwar kann ich dich nicht sehen, aber ahnen, und das ist schön.«

Einige Minuten später hielt der Schlitten, und diesmal kam Argulf dazu, seine Begleiterin aus der Pelzjacke zu packen. Der Mond beschien sein Gesicht, die schmalrückige Nase, den harten, stolzen Mund. Die Augen blitzten in dem Mondlicht wie kristallklarer Aquamarin. Die Hände, mit denen er ihr den Pelzkragen vom Gesicht zog, berührten sie wie ein sanftes, zärtliches Streicheln.

Eine heiße Welle überflutete des Mädchens Herz – einige Schläge lang nur, aber sie genügten, um das bisher so unberührte Herz in Aufruhr zu bringen. Noch ward Gundis sich dessen nicht bewußt, was dieses zu bedeuten hatte. Es beunruhigte sie nur und machte sie betroffen. Hastig verabschiedete sie sich von dem Mann und atmete wie befreit auf, als sie in der erleuchteten Diele stand und Petra ihr entgegeneilte.

»Endlich kommst du«, wurde sie aufgeregt empfangen. »Die Gäste müssen jeden Augenblick eintreffen, und du bist noch nicht festlich geschmückt. Rasch nach oben, ich helfe dir beim Umkleiden.«

Das ging hurtig voran, was auch erforderlich war. Denn fast mit den Gästen zugleich betraten die beiden Mädchen das Empfangszimmer.

Es gab ein frohes Begrüßen, und froh blieb man auch während der nächsten Stunden. Stefanie, die sich überraschend gut erholt hatte, sah reizend aus in dem Festkleidchen. Wenn sie ab und zu auch noch unter wenig guter Laune litt, so hatte sie diese jetzt zu Hause gelassen. Sie war die Fröhlichste von allen, als man sich bei den üblichen Silvesterscherzen vergnügte.

»Ich habe einen Mann gegossen!« jubelte sie, als sie das Bleigebilde aus dem Wasser fischte. Und tatsächlich konnte man es mit der nötigen Phantasie als menschliche Figur enträtseln.

»Und ich habe ein Stachelschwein!« wollte Petra sich halb totlachen. »Seht nur die Stacheln.«

»Es kann auch nur eine Kleiderbürste sein«, meinte Stefanie skeptisch.

»Oder auch ein Kaktus!« rief Gundis lachend.

»Der ist doch rund.«

»Es gibt auch längliche.«

»Rede nicht so schlau, jetzt bist du an der Reihe.«

Gespannt sah man zu, wie Gundis das Blei im Löffel erhitzte. Zischend fiel es ins Wasser, und was zum Vorschein kam, war ein recht kompliziertes Gebilde mit zierlichen, büschelartigen Auswüchsen. Zuerst andächtige Stille, dann Petras lachende Deutung.

»Eine Föhre! O Gundis, was hat das zu bedeuten!«

»Es könnte auch ein Myrtenkranz sein«, erklärte Stefanie eifrig.

»Der ist doch aber rund, mein Liebling.«

»Macht nichts, Omilein, man kann das Gebilde ja biegen.«

»Dann wird es bestimmt ein Stachelhalsband zur Hundedressur«, schmunzelte Trusebüchen, was ihm einen mißbilligenden Blick der Enkelin eintrug.

»Wie häßlich, Großpapa. Fragen wir mal Tante Gerta.«

»Ich halte es für eine Chrysantheme.«

»Und ich für einen Reisigbesen«, gab der Justizrat seinen Senf dazu. Er selbst goß einen Kochlöffel, Tante Gerta eine Tabakpfeife, Frau von Trusebüchen ein Bierseidel und ihr Gatte eine Kohlenschaufel, wie Stefanie als Pythia orakelte.

Man kam aus dem Lachen nicht mehr heraus. Wie im Fluge vergingen bei allerlei Silvesterscherzen die letzten Stunden im Jahr, und frohgemut begrüßte man beim Lichterglanz des Tannenbaumes das neue. Man prostete sich so lange zu, bis man leicht beschwingt wurde.

Gundis konnte nicht begreifen, daß sie bei dieser fröhlichen Stimmung und im Kreise all ihrer Lieben plötzlich Sehnsucht nach dem Föhrengrunde überfallen durfte. Ohne es eigentlich recht zu wollen, schlich sie sich unbemerkt in das Zimmer, wo der Fernsprecher stand. Und während sie die Nummer wählte, klopfte ihr das Herz so bang, als stände sie im Begriff, etwas Unrechtes zu tun.

»Bist du es, Argulf?« sprach sie dann halblaut in die Muschel. »Prosit Neujahr! Wie geht es Tante Beatrice?«

»Danke, ausgezeichnet«, hörte sie deutlich das Erstaunen in seiner Stimme, was ihr die Röte der Beschämung ins Gesicht trieb. »Daß du in dem ganzen Trubel, der sicherlich bei euch herrscht, auch an uns denkst –«

»Laß doch den Spott«, unterbrach sie ihn unwillig. »Daß ich an euch denke, liegt doch nahe, zumal deine Mutter sich am Tage nicht wohl fühlte. Seid ihr unter euch?«

»Ja, ganz allein und stillvergnügt. Wir haben meiner Mutter so viel Silvesterpunsch eingeflößt, daß sie von der Erkältung nichts mehr spürt. Vater singt vergnügt und falsch mit dem Rundfunk um die Wette.«

»Und du?« klang es hastig dazwischen.

»Ich? Nun, ich freue mich.«

»Worüber denn?«

»Über allerlei Beglückendes.«

»Kann es so was überhaupt für dich geben?«

»Wenn ich Veranlassung dazu habe, schon. Soll ich dir eine nennen?«

»Laß bloß ab, es käme ja doch nur Arroganz dabei heraus.«

Da war es wieder, dieses dunkle, zärtliche Lachen – und wieder machte das Herz der kleinen Gundis so sonderbare Sprünge.

»Auf Wiedersehen, Argulf«, sagte sie hastig. »Grüß die Deinen. Ende.«

Ärgerlich über sich selbst legte sie den Hörer in die Gabel. Nun sie ausgeführt hatte, wozu ein unerklärliches Gefühl sie trieb, tat es ihr leid, dem nachgegeben zu haben. Sie sah direkt vor sich Argulfs ironisches Lächeln. Daß auch gerade er am Apparat sein mußte. Viel lieber hätte sie Onkel Konrad gesprochen – oder auch nicht –?

Ach, sie war ja närrisch. Hastig eilte sie zu den anderen zurück, die sie noch gar nicht vermißt hatten. Sie griff nach einem Sektglas und leerte es in einem Zuge.

»Gundis!« rief die Tante lachend. »Du hast es ja gut vor. Schau mal hier dein Bleigebilde, das hat Onkel Alfred brutal zertreten. Was blieb, ist ein unansehnlicher Klumpen.«

»Macht nichts«, rief sie leichtsinnig. »Laß die Föhren träumen unter flaumigem Schnee.«

»Na, die hat's«, sagte Petra trocken. »Gebt ihr keinen Sekt mehr, sonst hält sie am Ende noch die Föhrennadeln für Flaumfedern.«

Man lachte und scherzte, bis es höchste Zeit war, sich zu trennen. Man tat es ebenso vergnügt beim Abschied, wie vor Stunden beim Wiedersehen. Gundis sank todmüde ins Bett und verfiel darauf in einen Schlummer, der ihr teils beglückende, teils schmerzliche Traumbilder vorgaukelte. Dabei jubelte ihr Herz und tat ihr bitter weh.

*

Es war schon Mittagszeit, als Gundis aus ihren Träumen aufschreckte. Und zwar durch die Wassertropfen, die die lose Petra ihr aus einem Schwamm ins Gesicht träufelte.

»Na endlich«, wollte sie sich ausschütten vor Lachen, als ihr »Opfer« im Bett saß und immer noch schlaftrunken in die Gegend starrte. »Komm zu dir, du Murmeltierchen. Das Frühstück hast du sowieso verschlafen, nun sieh zu, daß du vom Mittagsmahl was abkriegst. Und zwar bei Trusebüchens, zu denen wir eingeladen sind. In einer halben Stunde geht es los, also hopp aus den Federn. Sonst hole ich den Wasserschlauch, da der tropfende Schwamm nicht zu genügen scheint, dich dem Traumgefilde zu entreißen.«

Jetzt war Gundis hellwach, ließ sich in die Kissen zurücksinken, gähnte herzhaft, rekelte sich und sprang dann mit beiden Beinen zugleich aus dem Bett.

»Du, das könnte ich nicht«, meinte Petra bewundernd. »So einige Minuten brauche ich denn doch, um aus süßen Träumen ins rauhe Leben zurückzufinden. Was wirst du jetzt machen?«

»Komische Frage. Ein Duschbad nehmen und mich ankleiden.«

»Dann tu's warm; denn draußen knackt es vor grimmiger Kälte, Trusebüchens schicken uns den Schlitten, und Mutti sucht schon wärmende Hüllen zusammen. Gehab dich wohl und erscheine bald.«

Fort war sie, ein Liedlein vor sich hinträllernd. Nachdem Gundis ihr morgendliches Duschbad genommen hatte, suchte sie unter ihren Kleidern das wärmste hervor, weil es draußen wirklich bitter kalt zu sein schien, wie die dicken Eisblumen an den Fenstern ahnen ließen. Eigentlich töricht, sich hinauszuwagen. Aber sie konnte sich unmöglich von der Fahrt ausschließen, weil die anderen dann auch noch auf diese verzichten würden. Ja, wenn es noch nach dem Föhrengrund ginge –.

Kaum hatte sie das gedacht, als sie auch schon unmutig den Kopf zurückwarf, dessen Lockenpracht sie gerade bürstete. Was war denn eigentlich mit ihr los! Warum zog es sie plötzlich wie mit tausend Banden nach der Stätte, von der sie im Frühjahr so eifrig fortgestrebt war und die sie dann nur noch gezwungenermaßen aufgesucht hatte? Sollte es etwa Argulf sein?

Ja – klopfte ihr Herz stürmisch. Wir haben ihn – lieb – merkst du das denn gar nicht?

»Das hat mir gerade noch gefehlt«, flüsterte Gundis blaß bis in die Lippen, indem sie sich mit zitternden Beinen auf den nächsten Stuhl sinken ließ. Argulf Hagelungen und Gundis Haiden – unmöglicher Gedanke! Gib bloß Ruhe, du unvernünftiges Herz.

»Gundis, mach rasch«, ließ sich Petras Stimme von unten her vernehmen. »Der Schlitten ist da.«

Wenig später saß man darin, eingemummt bis zur Nase. Metallbehälter, mit kochendem Wasser gefüllt, wärmten die Füße, die dicke Pelzdecke umschmiegte die vier Menschen wohlig. Im Fond saßen Tante Gerta und der Justizrat, auf dem Rücksitz die beiden Mädchen. Der Kutscher auf dem Bock war so pelzvermummt, daß er wie ein zottiger Bär anmutete, die Pferde griffen so munter aus, daß ihre Körper dampften. Schnaubend stießen sie den Atem durch die Nüstern, daß es wie eine weiße Wolke in die frostklare Luft stieg.

Im Schlitten wurde nicht viel gesprochen, und das war Gundis nur recht. So konnte sie sich ausschweigen, ohne daß es auffiel. Denn die Augen von Tante Gerta und dem Justizrat waren scharf, und Gundis hatte ein Geheimnis zu hüten, dem sie selbst noch fassungslos gegenüberstand. Wie eine ungeahnte Sturzwelle war es über ihr Herz geflutet.

Argulf Hagelungen. Er war in ihrem Leben gewesen, so lange sie nur denken konnte.

Schon als sie als Kleinkind siebenmal im Jahr an der Hand der Mutter ins Schloß ging. Nach dem Tode der Eltern war sie dann drei Jahre lang täglich mit ihm zusammengewesen, während der Pensionatszeit ab und zu. Danach wieder ein halbes Jahr täglich – und zuletzt zweimal in der Woche. Doch nie hatte ihr das Herz bei seinem Anblick höher geschlagen – und nun so plötzlich – so wie ein Blitz aus heiterem Himmel?

Das kann doch nicht sein – dachte sie ärgerlich über sich selbst. Das ist doch nur Einbildung. Liebe soll doch gleich beim ersten Begegnen zweier Menschen wie ein zündender Funke von Herz zu Herz springen.

Herzensnot – o süße Not! Wie, wann, wo – das würde die junge Gundis Haiden doch nie ergründen. Sie war einfach da und machte ihr nun zu schaffen.

Sicherlich wäre es besser gewesen, wenn sie sich gleich der um mehr als drei Jahrzehnte älteren Tante Gerta anvertraut hätte – aber noch hielt ein Schamgefühl sie davon ab. Noch glaubte sie, mit der »Verrücktheit«, wie sie es unmutig bei sich nannte, allein fertigzuwerden. Nun, es würde schon der Tag kommen, wo sie nicht mehr aus noch ein wußte in ihres Herzens süßer Not.

Heute jedoch wurde sie erst einmal abgelenkt von ihren Grübeleien. Herrlich war es, so aus der eiskalten Winterluft in die warmen Zimmer zu kommen, sich an köstlichen Dingen zu laben und mit den anderen beiden Mädchen allerlei Kurzweil zu treiben. Dann die wundervolle Fahrt zurück bei Mondenschein, hinterher ins Bett, wo das fürsorgliche Justinchen eine Wärmflasche hineingelegt hatte. Sich einkuscheln in den weißen warmen Pfühl und trotz des Kummers wundervoll schlafen bis in den Morgen. Und dann am Tage nie allein bleiben – ja, so ging es ganz gut.

Bis – ja, bis eine Woche später der Föhrengrunder Schlitten vor der Tür hielt und Graf Argulf ihm entstieg – da war es mit der Tapferkeit der kleinen Gundis vorbei. Es war gut, daß sie sich mit der Tante allein im Zimmer befand.

»Tante Gerta, sage ihm – daß ich – ja, was denn nur – sage ihm, daß ich erkältet bin«, flüsterte das an allen Gliedern zitternde Mädchen ihr zu – und weg war es. Der maßlos überraschten Frau blieb keine Zeit, sich zu sammeln, denn schon stand der Besucher vor ihr.

»Guten Tag, gnädige Frau, ist Gundis nicht hier?«

»Nein, Herr Graf, sie liegt leider im Bett«, ging ihr diese Notlüge ganz glatt über die Lippen.

»Oh, doch nichts Besorgniserregendes?«

»Gottlob nicht, nur ein Schnupfenfieber.«

»Schade, ich bin nämlich von meinen Eltern ausgesandt, um Gundis nach dem Föhrengrund zu holen. Sie werden sehr enttäuscht sein, wenn ich ohne sie erscheine. Übermitteln Sie ihr meine Grüße, gnädige Frau, und ich lasse gute Besserung wünschen.«

»Danke, Herr Graf, wird ausgerichtet.«

Wenn du wüßtest – dachte Frau Gerta wehmütig, als er gegangen war. Das wäre etwas Ergötzliches für deine Arroganz.

Bekümmert ging sie dann nach dem Zimmer, wo Gundis saß und ihr mit bangen Augen entgegensah.

»Ist er fort, Tante Gerta?«

»Ja. Ich sagte ihm, daß du erkältet bist. Er wollte dich nämlich nach dem Föhrengrund holen.«

»Oh, das wäre schrecklich für mich gewesen. Noch kann ich ihm nicht unter die Augen treten, Tante Gerta – noch nicht. Wenn ich erst weiß, was eigentlich mit mir geschehen ist – dann ja, dann geht es schon wieder. Ich kenne ihn doch schon so lange – und nun mit einemmal –

Ach, Tante Gerta, ich möchte sterben!«

»So weit ist es also schon mit dir, mein Liebling – dann allerdings. Weine nicht, das macht dich immer noch kopfscheuer. Sei tapfer und nimm dein törichtes Herz in beide Hände – denn deiner Liebe kann nie Erfüllung werden.«

»Meinst du wirklich, daß es Liebe ist, Tante Gerta?«

»Na, was denn sonst, du Schäfchen.«

»Und weshalb liebte ich ihn nicht schon früher?«

»Weil du da noch ein Kind warst.«

»Aber nicht mehr, als ich aus dem Pensionat kam.«

»Da war dein Herzchen eben noch nicht erwacht. Außerdem hatte er eine Frau und daher kein Interesse für dich. Aber jetzt ist er frei und dazu ein Mann, wie ihn ein Mädchenherz erträumt. Und so ist ihm denn auch dein Herzchen zugeflogen.«

»Damit hätte es schließlich auch noch ein Weilchen warten können«, sagte sie so verdrießlich, daß Frau Gerta ein amüsiertes Lächeln kaum unterdrücken konnte. »Dieser Zustand gefällt mir nämlich gar nicht. Ich beneide Petra und Stefanie, die so ganz frei davon sind.«

»Dafür zählen sie ja auch zwei Jahre weniger als du, mein Liebes. Warte nur ab, auch sie wird die Liebe nicht verschonen. Hoffentlich wird sie glücklicher als deine, mein armes Kind. Bist du dir ganz darüber klar, daß der Mann für dich unerreichbar ist?«

»Ja, Tante Gerta«, entgegnete sie gepreßt, indem sie daran dachte, daß sie vor einer Woche erst keck gesagt, daß sie so einen Mann aus der Ferne anhimmeln würde, wie den da oben im Mond. O ja, so unerreichbar wie der Mann im Mond war der Gundis Haiden der Graf Hagelungen im Föhrengrund.

»O Tante Gerta, wie gräßlich ist das doch alles«, weinte sie heiß auf, indem sie ihr Gesicht an die Brust der mütterlichen Frau drückte, deren Arme den bebenden Mädchenkörper erbarmend umfingen. Auch ihr liefen die Tränen über das Gesicht. Wer weiß was würde sie darum geben, könnte sie ihrem Liebling nur helfen. Aber hier stand man an der Grenze des Menschenmöglichen.

Sie ließ das Mädchen weinen, weil sie aus Erfahrung wußte, wie tröstlich manchmal Tränen wirken können. Sie spülen vieles aus dem Herzen heraus, was sich darin festsetzen will an Pein und Not. Langsam ebbte das Schluchzen ab, zaghaft hob sich der Kopf von dem mütterlichen Herzen.

»Tante Gerta, wie bin ich doch töricht«, sprach der zuckende Mund. »Nun betrübe ich dich noch damit, was ich doch mit mir allein abmachen sollte.«

»Das ist nicht töricht, mein Liebes, sondern vernünftig. Merk auf: Kummer, der nicht spricht, der schreit nach innen, bis das Herz zerbricht. Sei also froh, daß du dich mitteilen kannst, mein Kind.

Und nun laß dir von deiner Tante raten, die dich von ganzem Herzen liebt. Laß diese so spontan erwachte Liebe nicht zu großen Raum in deinem Herzen gewinnen. Du mußt immer daran denken, wie so sehr die Hagelungen die Heirat deiner Mutter verurteilten. Ruf all deinen Stolz zur Hilfe, der dir Schutz und Halt bieten wird in deinem Herzenskampf.«

»Das will ich, Tante Gerta, hab Dank für deine Güte. Und nicht wahr, Petra soll nichts von meiner Torheit wissen, auch nicht die anderen alle?«

»Von mir gewiß nicht, mein Liebling. Weißt du was? Wir packen ganz einfach die Koffer und fahren in einen Winterkurort. Dann kommt dir Graf Argulf aus den Augen – und hoffentlich auch aus dem Sinn.«

»Das möchte ich schon, Tante Gerta. Aber haben wir auch so viel Geld in der Kasse, um uns eine so kostspielige Reise erlauben zu können?«

»Natürlich, mein Herzblatt. Und wenn es nicht reichen sollte, dann lege ich von meinem Geld zu. Ich habe es ja anhäufen können, da Petra und ich hier kostenlos leben. Paß mal auf, wie unsere Kleine jubeln wird, wenn sie von unseren Reiseabsichten hört.«

Das tat Petra denn auch – und die Trusebüchen mit ihr. Ehrensache für Stefanie, daß sie mit von der Partie war. Den Großeltern brauchte sie erst gar nicht zuzureden. Sie entwickelten einen Eifer, der den der Enkelin noch übertraf.

Jetzt hieß es für Gundis nur noch, von ihrem Vormund die Erlaubnis zu der Reise einzuholen. Deshalb machte sie sich einige Tage später im Auto auf den Weg nach dem Föhrengrund. Sie konnte diese Fahrt wagen, da der Schnee auf den Straßen mittlerweile so festgefahren war, daß die Pneus ungehindert darüber rollten. Als Gundis vor dem Portal des Schlosses den Wagen abstoppte, klopfte ihr das Herz hart wie ein Hammer in der Brust.

Jetzt würde sie ihn nach zwei Wochen wiedersehn – ihn, den Herrlichsten von allen.

Welch ein Unsinn –! – rief sie sich energisch zur Ordnung. Wie oft hatte sie sich über diese Bezeichnung lustig gemacht – und nun sollte sie etwa selbst –

Nein, so sentimental war sie denn doch nicht. Die Zeit der Großmütter, wo so ein Kult mit den Herren der Schöpfung getrieben wurde, war gottlob vorbei.

Kleine Gundis Haiden, welch ein Zeitalter es auch sei – Liebe bleibt Liebe, weil sei nun einmal Naturgesetz ist, das Zeit und Ewigkeit überdauert.

Das sollte sie erfahren, als sie dem Mann gegenüber stand, dem sich ihr bisher so sprödes Herzchen erschlossen hatte. Es zitterte und bebte unter seinem Blick, und sie mußte all ihren Stolz zur Hilfe rufen, damit sie nichts von dem verriet, was so heiß im Herzen brannte.

»Nun, Gundis, warum durchbohrst du mich förmlich mit deinen Blicken –« hörte sie seine spottende Stimme – und schon war sie auf der Hut. Sie lachte – und wie dankbar war sie, es jetzt zu können. Ehe sie noch zu einer Antwort kam, sagte Graf Konrad aufgeräumt:

»Endlich erscheinst du, Mädchen. Diesmal hast du uns lange warten lassen. Warst du etwa richtig krank?«

»Nein, nur Schnupfen«, wehrte sie hastig ab, weil das

Gespräch ihr unangenehm war. Sie trat zur Tante, um sie zu begrüßen.

»Gut schaust du aus, Tante Beatrice. Demnach bist du wieder wohlauf?«

»Schon längst, mein Kind. Nimm Platz und erzähle.«

»Darf ich das, Onkel Konrad, indem ich gewissermaßen gleich mit der Tür ins Haus falle?«

»Man immer zu.«

»Danke. Würdest du gestatten, daß ich mit Tante Gerta und Petra nach einem Winterkurort reise? Die Trusebüchen wollen sich uns anschließen. Nur der Justizrat kann leider nicht mit, da er zur Zeit beruflich unabkömmlich ist.«

»Aber das ist ja eine großartige Idee«, war der Herr ganz begeistert. »Wie wäre es, Beatrice, Argulf, wollen wir da nicht mitmachen?«

Hilf Himmel – hoffentlich sagen sie nein! fuhr der armen Gundis der Schreck derart in die Glieder, daß ihr ganz schwindelig wurde. Argulfs wegen wollte sie ja fort, wollte vor ihm fliehen – und nun sollte er sich gar an ihre Fersen heften. Wenn es nicht zum Weinen wäre, dann könnte man darüber lachen wie über einen köstlichen Witz.

Allein, der Himmel hatte kein Einsehen mit ihr. Ob zu ihrem Heil oder Unheil, das mußte erst noch die Zukunft lehren. Jetzt jedenfalls erfolgte die unerwünschteste Antwort, die es für sie geben konnte.

»Ich wäre dazu bereit, Vater. Zwar kann die Natur in einem Winterkurort gewißt nicht schöner sein als bei uns, aber es täte uns gut, einmal aus unseren vier Wänden herauszukommen. Im Sommer nehmen wir uns dazu ja doch nicht die Zeit, also tun wir es jetzt. Nicht wahr, Mutter?«

»Mir schon recht, mein Junge.«

»Dann los dafür!« lärmte der Senior gutgelaunt. »Wohin soll es denn eigentlich gehen, Gundis?«

»Darüber sind wir uns noch nicht ganz einig. Da ihr jetzt noch dazukommt, dürft ihr selbstverständlich auch Wünsche äußern.«

»Ich laß mich überraschen«, sagte der junge Graf.

»Wir auch«, kam es wie aus einem Munde der Eltern. Und

so blieb Gundis nichts anderes übrig, als resigniert abzutrollen, um der Tante Gerta die erschütternde Nachricht zu überbringen.

*

Das war ein lustiges Leben und Treiben in dem beliebten Winterkurort. Nicht mondän, dafür aber landschaftlich wunderbar schön. Wie eine große Familie fühlten sich die Gäste des Berghotels, das dafür bekannt war, nur gutes Publikum aufzunehmen. Der Tag gehörte dem Wintersport, der Abend dem Tanz und Vergnügungen mancherlei Art. Dabei wurde wohl ein kleiner Flirt riskiert, der jedoch nicht über das hinausging, was gutgezogenen Menschen zukommt. Im trüben wurde also nicht gefischt, sondern nur in kristallklarem Wasser, woraus sich denn auch zwei Herren ihre Fischlein holten, um sie in den Ehehafen zu setzen.

So gab es denn zweimal ein lustiges Verlobungsfest, an dem sämtliche Gäste des Hotels teilnahmen. Und da solche Feste sehr beliebt sind, wünschte man allgemein: Fortsetzung folgt.

Allein, die Auswahl heiratsfähiger Männer war knapp und die der Mädchen nicht minder. Petra und Stefanie waren noch viel zu jung, um sich in Ehefesseln legen zu lassen. Vorläufig ergötzten sie sich noch an anderen Dingen, die kaum Siebzehnjährige bedeutend wichtiger nehmen. Vier weitere junge Damen fanden nicht die richtigen Partner, blieb somit noch Gundis Haiden, die wohl eine muntere Sportkameradin und elegante Tanzpartnerin war, deren Herz jedoch einem Gletscher der Berge gleichkam. Man konnte ihr noch so tief in die Augen schauen, sie gab den Blick zwar lachend aber kühl zurück.

Nur zwei blitzendblaue Männeraugen versuchten erst gar nicht, sich in die nicht minder blauen des Mädchens zu senken. Sie blickten entweder ironisch, kühl, freundlich oder auch amüsiert. Und das war Gundis recht. Fand sie doch bei der gelassenen, stets gleichbleibenden Art des Mannes ihre Sicherheit wieder – und langsam schien auch das heiße Gefühl, das sie so spontan überfallen hatte, zu schwinden. Sie kam ja auch gar nicht zum Nachdenken, nicht einmal abends im

Schlafgemach, das sie mit Petra und Stefanie teilte. Und zwar auf deren Betteln hin, weil es sich doch im Bett so herrlich schwatzen und lachen ließ, bis einem vor Müdigkeit die Augen zufielen.

Morgens schnatterten dann die Mäulchen weiter, und so blieb es den ganzen Tag. Nicht eine Stunde hatte Gundis für sich allein. Stets unternahm man alles gemeinsam, allerdings auch nicht ohne den Grafen Argulf. Und er war ein guter, zuverlässiger Kamerad, der auf den Brettern, der Eisbahn, dem Schlitten genauso sicher war wie abends beim Tanz auf dem Parkett. Ohne daß er sich auch nur im geringsten darum bemühte, wurde er in dem Hotel zur Hauptperson, hauptsächlich bei der Jugend, die sich, wo es auch sein mochte, um ihn scharte. Zog man zum Skilauf aus und er war nicht dabei, stand man draußen herum, bis er dann endlich auftauchte, prachtvoll anzuschauen in seinem eleganten Dreß, die Mütze verwegen auf dem rassigen Haupt. Man sah ihm bewundernd zu, wenn er sich im Telemark so mühelos schwang, als wäre es nichts, wenn er die Stöcke hob und mit hellem Ruf eine Bahn hinabsauste, auf die kein anderer aus dem Kreis sich wagte. Oder man war entzückt über seine Art, mit der er Stefanie, die von der ganzen Weiblichkeit am unsichersten auf den Brettern war und öfter einmal purzelte, zur Hilfe eilte. Mit seinem gar so gefährlichen Lachen stellte er sie flugs auf die Beine.

»Aber Steffielein, so macht man das doch nicht. Fahren Sie bitte schon vor, meine Herrschaften, ich folge mit unserem Küken langsamer nach.«

Aber sie blieben bei ihm, die Damen wie die Herren, erbaten immer wieder seine Ratschläge, die er klar und sachlich gab. Mit keinem machte er eine Ausnahme, blieb allen gegenüber bei seiner freundlichen Gelassenheit. Nur wenn eine der jungen Damen ihn gar zu sehr anhimmelte, spielte um seinen Mund das ebenso gefürchtete wie geliebte ironische Lächeln.

Auf der Eisbahn wollte jede mit ihm über die blanke Fläche tanzen, auf dem Rodel vor ihm sitzen, in dem Schlitten neben ihm. War er am Abend noch nicht da, sah man ungeduldig auf die Tür, bis diese sich öffnete, er eintrat und in seiner halb nonchalanten, halb ritterlichen Haltung durch den Gang der Tische schritt und mit dieser unnachahmlichen Verneigung rechts und links grüßend dahin ging, wo die ihm Zugehörigen saßen. Man begann die drei jungen Mädchen zu beneiden, die zu den Seinen zählten.

Nun, deswegen kamen Petra und Stefanie sich gewiß nicht beneidenswert vor. Der Argulf gehörte nun mal zu ihnen, das war doch weiter nicht aufregend.

Und Gundis? Die wollte gar nicht zu ihm gehören, weil sie es so, wie sie sich ersehnte, nicht durfte.

Frau Gerta sah das alles wohl und machte sich Vorwürfe, daß sie diese Reise angestrebt hatte. Aber wer hätte auch ahnen können, daß die Hagelungen sich ihnen anschließen würden. Hier lernte Gundis ihn ja erst so richtig kennen in seiner ganzen betörenden Art. Dem Mann mußte ja jedes Mädchenherz zufliegen. Ein Glück, daß Petra und Stefanie noch so harmlos waren.

Im übrigen fühlte sich Frau Gerta in dem vornehmen Kreis äußerst wohl. Mit Genugtuung bemerkte sie, wie die Hagelungen ihre Reserviertheit langsam aufgaben und sie zuletzt schon ganz zu den Ihren zählten. Und wenn nicht die Sorge um Gundis gewesen wäre, hätte sie diese herrlichen Ferientage genauso unbeschwert genießen können, wie die andern es taten.

Aber war diese Sorge überhaupt nötig? Gundis machte wahrlich nicht den Eindruck, als ob ihr Herz an unglücklicher Liebe krankte. Unbekümmert lebte sie dahin, immer fidel, immer frohgemut und guter Dinge. Vielleicht war es doch nur eine Verirrung gewesen, die ein so junges Menschenkind rasch mal überfällt? Nun, abwarten.

Die Tage rasten förmlich dahin. Man zählte bereits die letzten im Februar, und einer der Gäste nach dem andern reiste ab, so daß zu den Mahlzeiten nur noch einige Tische in dem großen Speisesaal besetzt waren.

»Man kommt sich bald wie verloren hier vor«, sagte Graf Konrad beim Abendessen. »Die beste Zeit scheint vorüber zu sein, und so wollen auch wir langsam daran denken, unser Bündel zu schnüren. Wer allerdings noch Lust hat hierzubleiben –«

Nein, dazu hatte keiner Lust. So vereint wie man hergekommen war, so wollte man auch wieder abreisen. Und zwar nach einer Woche.

Am nächsten Tag trafen nun neue Gäste in dem Hotel ein, Vater, Mutter und vier Kinder im Alter von sechs bis dreizehn Jahren. Ganz fürchterliche Rangen, die sich wie eine Horde von Wilden benahmen. Zwar teilte der Vater Ohrfeigen am laufenden Band aus, aber daran schienen seine Sprößlinge gewöhnt zu sein; denn sie nahmen diese wie etwas Selbstverständliches hin.

Die Eltern lebten wahrscheinlich auch nicht im besten Einvernehmen, wie man an den scharfen Worten, die man sich ungeniert während der Mahlzeiten im Speisesaal zuwarf, hören konnte. Die Frau, hochfahrend und nervös, der Mann, unduldsam, ständig gereizt und sicherlich auch brutal. Die Familie erregte direkt öffentliches Ärgernis in dem Hotel, wo sonst alles so ruhig und vornehm zuging, so daß schon von verschiedenen Seiten Beschwerden bei der Direktion einliefen.

»Was sind das bloß für unmögliche Leute«, schüttelte Frau von Trusebüchen konsterniert den Kopf, als die Älteste der kleinen Horde, ein besonders schnippisches, vorlautes Ding, sich weigerte, den Nachtisch zu essen, worauf ihr auch schon die Hand des Vaters im Gesicht saß. Da erst bequemte sie sich, das Tellerchen zu leeren, wobei sie jedoch immer noch maulte und der jüngsten Schwester, die neben ihr saß, ganz unmotiviert mit dem Löffel auf den Kopf schlug, was diese wiederum veranlaßte, ihrer Angreiferin den halbgeleerten Teller auf den Kopf zu stülpen.

Schwupp, wurde auch ihre Wange bedacht von väterlicher Hand, und da es ein Abwaschen war, gingen auch die beiden Knaben nicht leer aus, weil sie unbändig lachten und dabei wie wild um sich schlugen, daß der ganze Tisch in Gefahr geriet.

»Schlag doch die Kinder nicht immer«, empörte sich nun die Mutter der hoffnungsvollen Sprößlinge. »Du schlägst sie ja noch dumm.«

»Kann ich nicht mehr, weil sie es bereits schon sind. Deine

Erbmasse.«

»Oder deine.«

»Halt den Mund!«

»Dann halte du zuerst den deinen.«

»Unglaublich«, sagte nun auch Frau Beatrice. »Wie sollten die Kinder bei den Eltern auch anders werden. Gott sei Dank rührt sich die merkwürdige Familie. Jetzt werden wir endlich Ruhe bekommen.«

Es gab aber noch einen minutenlangen ohrenbetäubenden Lärm, bis sich die Tür hinter dem letzten der Radausippe schloß. Danach herrschte eine so wohltuende Ruhe, daß alle, die sich im Speisesaal befanden, erlöst aufatmeten.

»Ach, du liebes bißchen«, sagte Petra ganz verdattert. »Bei den Leuten acht Tage – und dann wie nischt ins Irrenhaus. Am gräßlichsten finde ich den Mann, der unter chronischem Ohrfeigenausteilungsfimmel zu leiden scheint.«

Man lachte herzlich über die drollige Kleine, und Frau Gerta mahnte:

»Komm langsam wieder zu dir, mein Kind, damit wir zum Friseur eilen können, der uns für diese Stunde vorgemerkt hat. Daher müssen wir uns für den raschen Aufbruch hier entschuldigen.«

»Tun wir, Muttichen. Gesegnete Mahlzeit allerseits.«

Als sie gegangen waren, wollten die andern sich auch erheben, doch Graf Argulf bat sie, noch zu verweilen.

»Ich habe nämlich eine interessante Eröffnung zu machen«, erklärte er halblaut, um von den anderen Gästen, die noch im Speisesaal saßen, nicht gehört zu werden. »Zuerst möchte ich vorausschicken, daß die kleine Petra einen Schutzengel zu haben scheint, der treulich ihre Schritte lenkt.«

»Nun fang schon an, Argulf«, sagte der Vater ungeduldig, und er lachte.

»Na schön. Ich bewohne das Zimmer, das neben dem des ungenierten Ehepaares liegt. Wahrscheinlich befindet sich zwischen den beiden Räumen eine stoffverkleidete Tür, denn ich konnte jedes Wort verstehen, das allerdings mit erhobenen Stimmen nebenan gewechselt wurde. Man warf sich die gröbsten Vorwürfe in sehr ordinärer Weise an den Kopf. Sie beschuldigte ihn, ihre Fabrik geheiratet zu haben, und er nannte sich den größten Trottel aller Zeiten, daß er sich dadurch einfangen ließ und damit eine feine, liebenswerte Frau gegen einen Teufel eintauschte und vier Satane gegen ein herzliebes kleines Mädchen –

Kurz und gut, da ich das Schicksal der kleinen Petra kenne, stieg in mir ein Verdacht auf. Ich ging zum Hoteldirektor, erkundigte mich nach Nam' und Art der Leute und fand meinen Verdacht bestätigt. Der Mann ist nämlich kein anderer als Petras Vater.«

»Um Gottes willen«, entrang es sich mühsam Gundis' entfärbten Lippen. »Irrst du da auch nicht, Argulf?«

»Ich glaube nicht. Zwar ist das Mädchen überall als Petra Haiden bekannt, aber in Wirklichkeit führt sie ja wohl den Namen Grutzt. Stimmt's, Gundis?«

»Ja –«

»Na siehst du. Den Namen findet man wirklich nicht oft, und außerdem stimmt auch alles andere haargenau, was du mir einmal über Petras Herkunft erzähltest. Entsinnst du dich noch?«

»O ja. Ich hege jetzt keinen Zweifel mehr. Mein Gott, die arme Petra!«

»Das kann man wohl sagen«, wischte sich Graf Konrad den Schweiß von der Stirn. »Donner noch eins, ganz heiß kann einem werden! Hast recht, Argulf, die kleine Petra hat einen Schutzengel, der treulich ihre Schritte lenkt. Wenn jetzt auch bloß bis zum Friseur, aber das gibt uns Gelegenheit, über sie beraten zu können.«

»Daß der Mann sein Kind aus erster Ehe gar nicht erkannte«, meinte Frau von Trusebüchen verständnislos, und der Gatte lächelte nachsichtig.

»Aber Frauchen, das ist doch gar nicht verwunderlich. Er hat die kleine Petra mit drei Jahren zuletzt gesehen, und du weißt doch, wie sich gerade ein Kind, das im Wachstum begriffen ist, verändert. Außerdem hatte er gar keine Zeit, auf unsere Kleine zu achten, weil er sich entweder mit seiner Frau zanken oder seine Kinder ohrfeigen mußte.«

Man lachte über diese trockene Feststellung, obwohl ihnen

allen bestimmt nicht lächerlich zumute war. Sie mochten die muntere Petra sehr gern, und ihr Geschick lag ihnen warm am Herzen. Nicht minder das Frau Gertas. In welch einen Zwiespalt müßte sie geraten, wenn sie wüßte –

Nein, da mußte Abhilfe geschaffen werden um jeden Preis. Und es war Frau Beatrice, die energisch wurde.

»Wir müssen so schnell wie möglich abreisen. Kann man wissen, wie es dem Zufall gefällt? Am Ende erführe Herr Grutzt doch, daß Petra seine Tochter ist. Und wenn er sich auch nichts aus ihr macht, aber zu erkennen gäbe er sich doch, so wie ich ihn einschätze. Und dann der Jammer des Kindes, kaum auszudenken! Wir haben ja gehört, wie abfällig es über den Wüterich urteilte. Und das soll nun gar ihr Vater sein, den sie übrigens für tot hält? Nein, dieser bittere Kelch muß dem Mädchen auf jeden Fall erspart bleiben.«

»Sagen Sie nicht, Frau Beatrice, daß dem Mann sein Kind aus erster Ehe gleichgültig bleiben würde«, meinte Frau von Trusebüchen skeptisch. »Petra ist so ein liebes, reizendes Geschöpfchen, und seine anderen Kinder gleichen kleinen Teufeln, die ihm bestimmt nicht ans Herz gewachsen sind. Vielleicht würde er es seiner liebreizenden Ältesten zuwenden.«

»Wenn er ein Herz hat, bestimmt«, bekräftigte der Gatte. »Nun, wie dem auch sei, auf ein Wenn und Aber dürfen wir es erst gar nicht ankommen lassen. Vorbeugen ist bekanntlich besser als heilen. Aber wie machen wir es Frau Gerta plausibel, daß wir nicht nächste Woche, sondern schon spätestens morgen unsere Zelte hier abbrechen müssen?«

»Nichts einfacher als das«, erklärte Graf Argulf in gewohnter Gelassenheit. »Wir sagen, daß ein Telegramm uns nach Föhrengrund zurückruft. Ich hasse zwar die Lüge, aber in diesem Fall muß man sie gelten lassen, weil es eine barmherzige ist.«

»Recht so, mein Sohn, das wird gemacht«, entschied der Vater. »Jetzt nicht lange gezaudert, sondern hinauf und die Koffer gepackt. Wenn wir uns beeilen, erreichen wir bestimmt noch den Spätnachmittagszug.«

So kam es denn, daß Frau Gerta und Petra, als sie

ahnungslos vom Friseur ins Hotel zurückkehrten, schon zum Teil gepackte Koffer fanden. Eben waren Gundis und Stefanie dabei, die Sachen Petras zu verstauen.

»Ja, Kinder, was macht ihr denn da?«

»Wir müssen fort, Tante Gerta. Onkel Konrad erhielt ein Telegramm, das ihn nach Föhrengrund ruft.«

Während Gundis sprach, hielt sie das Gesicht abgewandt. Es ist nämlich gar nicht so einfach zu lügen – und sich dabei nichts anmerken zu lassen. Auch Stefanie bückte sich tief in den geöffneten Schrank, obwohl er bereits leer war.

»Es ist doch nichts Ernstliches passiert?« fragte die Dame beunruhigt – und jetzt war es Stefanie, die Antwort gab. Ganz hohl klang ihre Stimme aus dem Schrank:

»Ach wo, gar nichts Besonderes. Ein dringender Pferdeverkauf, den der Verwalter nicht allein übernehmen will.«

So war es vereinbart, und so wurde es gesagt. Denn die Verschwörer hielten zusammen wie Pech und Schwefel. Sehr zu Nutz und Frommen für Mutter und Töchterlein, die sich dann auch eifrig beim Packen betätigten.

Und dann ging alles ganz schnell. Ehe man es sich versah, saß man auch schon im Zug und fuhr der Heimat zu. Und während zwei Menschen ahnungslos, welch einer Gefahr sie entronnen, dahinfuhren, sandten die andern, zu ihnen gehörigen, ein Stoßgebet zum Himmel, weil alles so wunderbar geklappt hatte.

*

Sollte man es nun Zufall nennen – oder Schicksal – oder noch was anderes? Es fahren doch so viele Züge im deutschen Gebiet hin und her, kreuz und quer, jeden Tag, jede Nacht, jede Stunde. Und ausgerechnet in dem Zug, den auch er benutzte, mußte Argulf Hagelungen seiner geschiedenen Frau begegnen. Man saß in einem Abteil, das ihnen allein gehörte. Und zwar berechtigt. Denn neun Personen füllten es vollständig aus. Ein fürstliches Trinkgeld hatte den schmunzelnden Schaffner bewogen, ein Schild mit »Reserviert« an das Fenster zu hängen. Auch berechtigt, da der Zug nicht sehr besetzt war.

Man hatte lange zu fahren, die ganze Nacht durch und noch einen Teil des Tages. Denn von Bayern bis Ostpreußen ist eine weite Strecke. Schlafwagenabteile konnte man nicht mehr erwischen, da der Aufbruch zu rasch erfolgte. Aber man gab sich auch so zufrieden, in der ersten Klasse sitzt man weich und warm. Daß es nicht langweilig wurde, dafür sorgten die drei munteren Mädchen, und wenn man Hunger hatte, konnte man in den Speisewagen gehen.

Und dort war es auch, wo man der Frau Lolith Plumke ansichtig wurde, als man geschlossen antrat und an zwei Tischen Platz nahm. Ein Stutzen, ein kaum merkliches Grüßen, und schon war der Höflichkeit Genüge getan.

Mit wütenden Blicken sah die sehr mondän anmutende Frau zu den beiden Tischen hin, wo man sich die aufgetragenen Speisen gut munden ließ. Sie selbst saß einem Herrn gegenüber, dem man unschwer den Emporkömmling ansah. Er aß wie ein Scheunendrescher und trank den Tischwein wie Wasser. Dabei lärmte er für vier. Ohne Frage ein gemütliches Haus, aber schwer erträglich für den, der an verfeinerte Lebensart gewöhnt ist.

»Trink, trink, Brüderlein trink, laß doch die Sorgen zu Haus –« sang der weinselige Herr ebenso falsch wie schön, sehr zum Ergötzen der andern im Raum. Der Herr Ober lächelte diskret und füllte den Wein nach, ohne bei den schaukelnden Bewegungen des Zuges auch nur einen Tropfen zu vergießen.

»Sei doch still und trink nicht so viel«, forderte die Mondäne den Herrn Gemahl leise aber scharf auf, darob er sie verdutzt ansah.

»Aber Lolithchen, kleiner Schäker, warum denn? Ich bezahle doch alles, und wer Geld hat, hat die Macht.

Wünsch dir was, mein Liebling, wünsch dir was«, sang er nun herzrührend, ohne jedoch die Undankbare dabei zu rühren. Sie sah ihn an, als wollte sie ihn mit ihren Blicken erdolchen, was er aber weiter gar nicht tragisch nahm.

»Herr Ober, eine Flasche Sekt, damit mein Frauchen munter wird. Habe ein gutes Geschäft gemacht, und da kann man es sich auch etwas kosten lassen. Ein gutes Trinkgeld sei

Ihnen gewiß, mein Lieber. Habe früher selber welches bekommen und weiß daher, wie gut das tut. Leben und leben lassen ist meine Devise.«

Der Herr Ober lächelte und schenkte kunstgerecht das sprudelnde Getränk in die Spitzgläser. Der leutselige Herr goß es genießerisch hinter die Binde, die Mondäne nipppte daran, als vermute sie Gift.

»Schmeckt es dir denn nicht, mein Mutzeputzele? Das kann ich nicht verstehen. Vielleicht machen die Damen an den anderen Tischen mit. Wieviel sind es, zwanzig? Herr Ober –«

»Lassen Sie das bitte«, flüsterte sie dem Gerufenen nervös zu. »Mein Mann hat genug.«

»Sehr wohl, gnädige Frau«, kam es gleichfalls flüsternd zurück. »Wäre es nicht besser, den Herrn Gemahl –«

»Ja, ich werde es versuchen. Komm, August, wir wollen schlafen gehen«, sprach sie dann schmeichelnd zu dem selig Bedudelten, der auch nichts einzuwenden hatte.

»Alles, was du willst, meines Lebens guter Stern. Ich habe eine vornehme Frau, Herr Ober –«

»Das interessiert den Herrn Ober nicht«, wurde er hastig unterbrochen, bevor er noch seine ganzen Verhältnisse auskramen konnte. »Ich möchte zahlen.«

»Tu's, mein Schnuckchen, aber ein gutes Trinkgeld drauf. Wir haben's dazu.«

Das Trinkgeld mußte denn auch fürstlich ausgefallen sein, nach der devoten Verbeugung des Empfängers zu schließen. Dafür hob er auch die zweieinhalb Zentner Lebendgewicht empor, umfaßte die mollige Taille, und getreulich im Gleichschritt wankte man davon. Sehr selbstbewußt folgte die schlankere Hälfte ihrem fidelen Geldsack.

Und kaum, daß der sonderbare Aufzug verschwunden war, quiekte ein junges Mädchen, das mit seinen distinguierten Eltern auch im Speisewagen saß, los. Die an den andern beiden Tischen schauten zuerst in das Gesicht des Grafen Argulf, in dem Nasenflügel und Mundwinkel verdächtig zuckten. Und da lachte man, daß man sich schüttelte.

Warum sollte man es auch unterlassen. Herr August Plumke sah es ja nicht, auch nicht seine Frau Lolith, auf deren

Vornehmheit er so stolz war. Die mußte bemüht sein, ihren kreuzfidelen August in das untere Schlafwagenbett zu bekommen. Sehr liebevoll tat sie das nicht – Kunststück, wenn man innerlich vor Wut schäumt. Mußte auch ausgerechnet diese arrogante Sippe heute zugegen sein, wo ihr Plumke so weinselig war und sich dann seiner mangelnden Kinderstube wieder bewußt wurde, die er in nüchternem Zustand tadellos zu verleugnen verstand. Sonst machte ihr das kaum etwas aus, sie amüsierte sich sogar über ihren gemütlichen »Plumpsack«, aber vor solchen Augen und Ohren – nein! Das war denn doch zu blamabel. Sie sah förmlich vor sich das arrogante Lächeln Argulfs, das mitleidige seiner Mutter und das verächtliche seines Vaters. Allein, sie tat den Menschen unrecht.

»Der Mann ist gar nicht so übel«, wischte Graf Konrad sich die Lachtränen aus den Augen. »Den könnte man direkt gern haben.«

»Hab' ich bereits«, lachte Gundis. »Mit so einem fidelen Mann muß es sich gut auskommen lassen. Wünsch dir was, mein Liebchen, wünsch dir was – na, ich hätte mir das 'nicht zweimal sagen lassen.«

»Ich auch!« riefen Petra und Stefanie wie aus einem Munde – und Exzellenz schmunzelte.

»Ein gemütliches Haus, kann nicht anders sagen.«

»Er wird ja nicht immer so sein«, meinte seine Gattin. »Jedenfalls ist er kein schlechter Mensch, und Frau Lolith kann ganz zufrieden mit ihm sein.«

»Das finde ich auch«, bestätigte Frau Gerta, und Frau Beatrice nickte beifällig dazu – nur ihr Sohn verhielt sich schweigend. Er lächelte nur, aber nicht arrogant, sondern ergötzt.

O nein, so wie ihn diese neun Menschen gesehen, war Herr August Plumke gewiß nicht immer. Schließlich war er ein Mann, der sich durch eisernen Fleiß aus ärmlichen Verhältnissen emporgearbeitet hatte und den Ruf genoß, nicht nur ein vorzüglicher, sondern auch ein fairer Geschäftsmann zu sein. Und solch einem Menschen durfte man schon Achtung entgegenbringen. Daß ihm sein Erfolg in den Kopf gestiegen war, nun, immerhin menschlich verständlich.

Und man sollte Herrn August Plumke auch noch anders kennenlernen. Es war um eine frühe Morgenstunde, als man im Gang an den heruntergelassenen Fenstern stand, um frische Luft zu schöpfen. Der Zug näherte sich einer größeren Station, und die Reisenden, die aussteigen wollten, traten nach und nach aus den Abteilen. Darunter auch das Ehepaar Plumke. Der Mann machte keinen üblen Eindruck. Sehr kräftig, untersetzt, derbes, aber nicht unsympathisches Gesicht und sorgfältig gekleidet. Er paßte zwar nicht ganz zu seiner mondänen Frau, aber er war ja schließlich kein Dandy. Als er einige Schritte vorgegangen war, blieb Lolith plötzlich stehen, und zwar zwischen Gundis und Argulf.

»Du brauchst gar nicht so arrogant zu lächeln«, flüsterte sie ihm böse zu. »Mir geht es jetzt besser als bei dir. Mir steht Geld zur Verfügung, soviel ich nur haben will – und ich bin glücklich, weil mein Mann mich vergöttert.«

»Das habe ich auch nicht anders angenommen«, entgegnete er in gewohnter Gelassenheit. »Herr Plumke scheint tatsächlich ein guter Mensch zu sein –«

»Spotte nicht!«

»Na nun hört aber auch alles auf. Es ist mir ernst damit –«

»Vorsicht, er schaut schon zu uns hin. Braucht nicht zu wissen, daß wir – er ist sehr eifersüchtig –

Danke, mein liebes Fräulein«, sprach sie dann mit lauter Stimme zu Gundis. »Sie haben mir lieb geholfen –«

Und schon schwebte sie dahin, wo ihr August stand. In dem Moment hielt der Zug, und interessiert schauten die am Fenster Stehenden in das Gewühl auf dem Bahnsteig. Jetzt hatten sie das Ehepaar Plumke erspäht, das von einem jungen Mann, wahrscheinlich dem Chauffeur, in Empfang genommen wurde. Er belud sich mit den Handkoffern – und ehe Frau Plumke davonschwebte, wandte sie den Kopf und warf einen giftigen Blick zu dem Fenster hin, an dem Gundis und Argulf standen.

Als der Gang frei war, sagte Graf Konrad lachend:

»Der Abschiedsblick galt dir, mein Sohn. Und ein ähnlicher stand in Frau Plumkes Augen, als sie mit dir sprach. Was sagte sie?«

»Daß es ihr jetzt besser ginge als bei mir. Sie hat Geld genug, ist glücklich, und ihr Mann vergöttert sie. Eifersucht seinerseits wurde auch noch erwähnt.«

»Und womit hast du ihr lieb geholfen, Gundis?«

»Das möchte ich auch gern wissen«, war die lachende Antwort. »Wahrscheinlich ein Ablenkungsmanöver für die männliche Eifersucht.«

»Was soll man von dem allen nun halten?« fragte Frau Trusebüchen, und der Gatte gab die Antwort darauf:

»Tja, meine liebe Blandine, wenn man mit einem Argulf Hagelungen verheiratet gewesen ist, dann kann man sich schwer an einen August Plumke gewöhnen – auch wenn ihm das Gold aus den Taschen blinkt.«

*

Nun war man wieder zu Hause, und das Leben ging seinen gewohnten Gang. Die sechs Wochen in dem Kurort hatten allen gut getan, sie fühlten sich frisch und froh. Auch Gundis – bis auf ihre Liebe, die sie überwunden geglaubt und die nun wieder aufflammte, heißer denn je zuvor. War sie im Föhrengrund, strebte sie fort, war sie ihm fern, sehnte sie sich danach. Sie mied den Grafen Argulf, wo sie nur konnte, doch er schien ihre Nähe hartnäckig zu suchen.

Sogar im Lindenhaus hatte sie jetzt keine Ruhe mehr vor ihm. Er fand immer einen Grund, mindestens zweimal in der Woche dort zu erscheinen. Außerdem gingen nun Frau Gerta und Petra im Föhrengrunder Schloß aus und ein, gleichfalls Familie Trusebüchen. Man konnte nach der Reise anscheinend nicht mehr ohne einander leben.

Ich werde wahnsinnig, wenn das so weitergeht, dachte Gundis verzweifelt. Fast jeden Tag mit Argulf zusammen sein und dabei ständig vor dem eignen Herzen auf der Hut sein müssen, das halte ich nicht mehr länger aus. Und wie Tante Gerta ihn ins Herz geschlossen hat – selbst Onkel Alfred. Ich rücke einfach aus, egal wohin.

Und dieses Vorhaben führte sie denn auch eines Tages aus. Als Frau Haiden und Petra aus der Stadt zurückkehrten, war

Gundis fort. Auf einem hinterlassenen Zettel bat sie die Tante, sie gewähren zu lassen. Sie käme wieder, wenn sie könnte. Es würde ihr schon etwas Glaubwürdiges einfallen, den andern ihre Reise plausibel zu machen.

Doch Frau Gerta dachte nicht daran. Das plötzliche Verschwinden der Nichte versetzte sie in große Sorge und Not, mit der sie allein nicht fertigwerden konnte. Der Justizrat war zu seinen Söhnen gefahren und konnte ihr somit weder raten noch helfen. Sollte sie da ganz allein die Verantwortung für das unvernünftige Mädchen übernehmen? Auf keinen Fall! Wozu hatte es denn einen Vormund.

Also machte sie sich auf zum Föhrengrund, und zwar zu Fuß. Denn ein Fahrzeug stand ihr nicht zur Verfügung, weil Gundis auf und davon war. Petra ging mit ihr. Sie war sehr verstört über die Flucht ihrer geliebten Gundis, zumal sie sich diese nicht zu deuten wußte. Und die Mutti schwieg sich hartnäckig aus.

Der Spaziergang hätte unter andern Verhältnissen direkt zum Genuß werden können. Man merkte überall, daß der Frühling nahte. Die Weidenkätzchen guckten samtig aus den Ästen, im Walde blühten schon vereinzelt Leberblümchen und Anemonen, die Flußufer waren von Schneeglöckchen übersät.

Doch für all diese Köstlichkeit hatte Frau Gerta jetzt keinen Sinn. Sie hastete weiter, immer weiter, bis sie vor den drei Hagelungen stand.

»Oh, Frau Gerta und auch die kleine Petra«, begrüßte die Hausherrin sie erfreut. »Das ist aber lieb. Nehmen Sie bitte Platz.«

Kaum daß Frau Gerta saß, weinte sie auch schon auf. Und Petra, die sich keinen andern Rat wußte, drückte das Gesicht an den Arm der Mutter und weinte mit. Die andern schauten erschrocken auf dieses seltsame Bild, bis die Gräfin erregt fragte:

»Was ist geschehen, so sprechen Sie doch?«

Statt einer Antwort reichte Frau Haiden ihr den Zettel hin, den sie zerknittert in der Faust hielt.

»Um Gottes willen«, stammelte die Dame entsetzt, nachdem sie die Zeilen gelesen hatte. »Was fällt dem Kind nur ein.

Schau dir das an, Konrad.«

Mit ihm zusammen überflogen auch die Augen des Sohnes das Geschriebene, und dann sahen sie sich verständnislos an.

»Ja, Frau Gerta, jetzt müssen Sie sich schon beruhigen und eine Erklärung geben«, sagte der Hausherr gepreßt. »Ohne Grund kann ein Mädchen doch nicht auf und davon gehen. Und da Sie dieses ständig unter Aufsicht hatten, dürften Sie nicht ganz unwissend sein.«

»Das bin ich auch nicht«, raffte sie sich nun energisch auf. »Aber ich glaubte, daß Gundis –

Ach, nun hilft das alles nichts, ich muß jetzt ein Geheimnis preisgeben, das nicht mir allein gehört. Mag die Kleine mir darum zürnen oder nicht –

Kurz die Rede, lang der Sinn: Sie liebt – den Grafen Argulf. Und da sie sehr darunter leidet, so ist sie eben vor ihrer Liebe davongelaufen.«

Zuerst atembeklemmende Stille – und dann polterte Graf Konrad los, um seine Rührung zu verbergen:

»So ein törichtes Mädchen! Zu sehen, wie jung die kleine Gundis noch ist. Sonst müßte sie wissen, daß man vor seinem Herzen nicht davonlaufen kann. Was sagst du nun dazu, Argulf?«

Der sagte gar nichts, biß nur die Zähne zusammen, daß die Wangenmuskeln spielten. Sein Gesicht war blaß, der Atem ging schwer. Mit einer Gebärde, die etwas Verzweifeltes an sich hatte, fuhr er sich mit den Fingern durch das Haar.

»Junge, das ist ja nicht zum Ansehen«, sagte die Mutter tränenerstickt. »Das kommt davon, wenn man so sehr verschlossen ist wie du. Deinen Eltern hättest du dich wohl offenbaren können, ohne deiner Manneswürde zu nahe zu treten.«

»Ich war mir ihrer Liebe immer noch nicht sicher«, stieß er zwischen den Zähnen hervor. »Manchmal schien es, als liebte sie mich – dann wiederum stand sie mir so harmlos gegenüber, daß ich unsicher wurde.«

»Zum Kuckuck, Junge, für so zaghaft hätte ich dich bestimmt nicht gehalten!« polterte der Vater nun wieder los. »Konntest du sie nicht, ohne viel Worte zu machen, an dein

Herz nehmen?«

»Du vergißt wohl Gundis' unbändigen Stolz, Vater.«

»Na ja – gewiß –« brummte er jetzt beschämt. »Weiß der Himmel, wie ein Gör einem so ans Herz wachsen kann, obwohl es manchmal recht rabiat war. Das macht eben die verflixte Art, mit der sie die Menschen betört. Sie war ganz einfach die Sonne für uns – und die sollen wir uns so ohne weiteres entschwinden lassen? Das wäre ja gelacht!«

»Bitte nicht –« bat die Gattin leise, indem sie mit den Augen nach dem Fenster zeigte, an das der Sohn getreten war, ihnen den Rücken zukehrend. Wahrscheinlich schämte er sich seiner Schwäche und wollte so sein Gesicht verbergen, in dem es arbeitete und zuckte. Hinter ihm blieb es still. Alle gaben sich Mühe, ihre Erschütterung zu verbergen. Selbst die junge Petra, der nicht allein die hellen Tränen über die Wangen liefen.

Sie fuhren erschrocken zusammen, als die schrille Glocke des Fernsprechers anschlug. Graf Konrad trat hinzu, meldete sich, dann hörte er auf die Stimme am anderen Ende. Und je länger sie sprach, um so mehr erhellte sich das Gesicht des Lauschenden.

»Sie sind ein Mordsmarjellchen, kleine Stefanie«, lachte er dann so glücklich auf wie einer, der Rettung aus höchster Not sieht. »Das vergessen wir Ihnen nie. Jawohl, er kommt – und wie er kommt! Auf Flügeln der Liebe.«

Er legte den Hörer in die Gabel und rieb sich vergnügt die Hände.

»Los, mein Sohn, tummle dich! Stefanie hält Gundis in der Konditorei Blade fest. Fahr zu, aber nicht wie ein Irrsinniger. Denn es nützt dir gar nichts, wenn du gegen einen Baum saust –«

Schon war Argulf fort, und der Vater schmunzelte ihm nach.

»Bei Gott – den hat's! Siehst du, Muttichen, jetzt kriegen wir doch noch eine Schwiegertochter nach unserm Herzen.«

»Hoffentlich kann Stefanie sie so lange festhalten, bis Argulf zur Stelle ist. O Konrad, mir ist so bang.«

»Na, na, nur nicht die Nerven verlieren. Wollen uns lieber daran machen, das Verlobungsmahl zu bereiten. Du sorgst für

Speise, ich für Trank.«

»Und ich schmücke die Tafel!« jubelte Petra. »Die Mutti hilft mir dabei.«

Indes fuhr Graf Argulf zur Stadt. Zwar schlug er ein rasches Tempo an, aber nur so, daß er den Wagen in der Gewalt behielt. Selbst in dieser Schicksalsstunde, die über sein Glück entscheiden sollte, verließ die Besonnenheit den allzeit beherrschten Mann nicht. Er ließ den Wagen auf dem Parkplatz in der Nähe der Konditorei stehen, schloß ihn ab und ging dann die kurze Strecke zu Fuß. Durch das große Fenster bemerkte er die beiden Mädchen. Stefanie stand auf und traf mit ihm an der Eingangstür zusammen.

»Nun walten Sie Ihres Amtes, Herr Graf«, begrüßte sie ihn spitzbübisch. »Das meine ist zur Zufriedenheit vollendet. Auf Wiedersehen im Föhrengrund als glücklicher Bräutigam. Meine Großeltern und ich sausen ab zum festlichen Verlobungsschmaus.«

Lachend eilte sie davon, und er betrat das Café. Ging zu dem Tisch, an dem Gundis wie ein Häuflein Unglück saß. Ganz verweint waren die Augen, und das Gesichtchen war erbärmlich blaß. Bei seinem Anblick zuckte sie so heftig zusammen, daß er es direkt sah.

»Argulf, wo kommst du denn auf einmal so plötzlich her –?«

»Sonderbare Frage, mein Kind. Eine Tasse Kaffee möchte ich trinken, wie du es ja auch tust. Ist es gestattet, bei dir Platz zu nehmen?«

»Bitte. Ich muß jetzt leider gehen –«

»Wohin denn?«

»Besorgungen machen.«

»Wo steht dein Wagen?«

»Das geht dich nichts an.«

»Na schön. Du bist recht schlechter Laune, findest du nicht auch?«

»Argulf, ich verbitte mir das! Ich bin nie schlechter Laune.«

»Nein? Ich dachte. Zwei Kognak, bitte«, bestellte er beim Ober, der an den Tisch trat. Kaum hatte er sich entfernt, fragte Gundis erstaunt:

»Gleich zwei?«

»Jawohl, zwei. Einen für dich und einen für mich.«
»Ich mag das Zeug nicht, es widert mich an.«
»Macht nichts, davon wird dir entschieden besser. Wo steht dein Wagen?«
»Argulf, bist du plötzlich übergeschnappt?«
»Wo steht dein Wagen?«
»Mann, du kannst einen ja zur Verzweiflung bringen!«
»Wo steht dein Wagen?«
»Tankstelle Friedrichstraße, du Starrkopf!«
»Danke. Siehst du, da bringt der Herr Ober das Gewünschte. Ich möchte gleich zahlen.«
»Auch für Fräulein von Trusebüchen mit, Herr Graf?«
»Ja.«
Nachdem das erledigt war, nötigte er Gundis den Kognak auf, trank den seinen und erhob sich.
»Komm, Gundis, sonst wird es für uns zu spät.«
»Geh doch – ich halte dich bestimmt nicht.«
»Gundis, laß es nicht darauf ankommen, daß ich Gewalt anwenden muß«, stieß er leise, doch hart durch die Zähne. »Ich geh' nicht ohne dich, merke dir das.«
Er schien ihre Hilflosigkeit nicht zu sehen, auch nicht, daß sich ihre Augen mit Tränen füllten. Hastig stand sie auf, ließ sich von ihm in den Mantel helfen und trat dann vor ihm auf die Straße. Als wäre es selbstverständlich, schob er seine Hand unter ihren Arm.
»Argulf, was sollen die Menschen denken?«
»Weniger, als wenn du durch dein Sträuben Aufsehen erregst.«
Da ließ sie sich wie ein Opferlamm fortziehen. Erst als er sie sogar in die Telefonzelle, die auf dem Parkplatz stand, hineinzog, da begehrte sie wieder empört auf.
»Argulf, ich kann mir nicht helfen, du mußt übergeschnappt sein.«
»Eben nicht, mein Kind. Vorsicht hat noch nie etwas geschadet. Bleib brav hier stehen, sonst bietest du den Menschen draußen ein Schauspiel.«
Dann horchte sie erstaunt auf das, was er in den Apparat sprach:

»Hagelungen – Föhrengrund. Ist da die Tankstelle Friedrichstraße? Steht der Wagen von Fräulein Haiden noch da? Schön. Fahren Sie ihn in die Garage und hüten Sie ihn gut. Ich laß' ihn morgen abholen. Ende.«

»So, jetzt können wir uns gemütlich in meinen Wagen setzen«, wandte er sich nun wieder Gundis zu, die wie erstarrt neben ihm stand. »Man wird im Föhrengrund schon sehnsüchtig unser harren.«

»Ich will doch gar nicht dorthin!« wehrte sie sich verzweifelt, aber es half ihr alles nichts, sein Wille war stärker. Ehe sie es sich so recht versah, saß sie im Auto, er setzte sich neben sie, und die Fahrt ging los.

»Du bist ein Scheusal!« rief sie empört, und er lachte.

»Das weiß ich. Und nun werde gemütlich, kleiner Trotzteufel. Sonst regst du mich so auf, daß ich uns gegen einen Baum fahre.«

»Du und dich aufregen. Aber warte, das sollst du mir büßen!«

»Hoffentlich auf angenehme Art.«

»Was macht man bloß mit einem so fürchterlichen Menschen!«

»Darauf kommst du schon noch. Zerbrich dir jetzt dein Köpfchen nicht, sondern erzähle mir lieber etwas Schönes.«

»Auch das noch, du abscheulicher – Sklavenhalter!«

Da war es wieder, dieses gefährliche Lachen, das sich ihr ins Herz träufelte wie süßes Gift. Sie drückte sich so fest in die Ecke, als fürchtete sie eine Berührung mit ihrem Nachbarn. Unaufhaltsam liefen ihr die Tränen über das Gesicht, was er gar nicht bemerkte. Seine Augen waren geradeaus auf die Straße gerichtet, unbeweglich blieb sein hartes, stolzes Antlitz.

Wozu das alles bloß, dachte Gundis verzweifelt. Was bezweckt er damit, daß er mich wie eine Gefangene abschleppt. Etwas muß doch geschehen. Und wenn ich da gleich mit den Beinen strample und wie am Spieß schreie!

Allein, sie tat keines von beidem. Verharrte reglos und schrak zusammen, als der Wagen unerwartet hielt, und zwar in der Allee. Heimelig und traut grüßte das knospende Tal zu dem verzweifelten Menschenkind hinauf.

»Der Föhrengrund grüßt seine Herrin –« hörte sie da plötzlich dicht an ihrem Ohr eine raunende Männerstimme, so zärtlich, so weich, daß ihr das Herz wie rasend klopfte. »Du wirst ihm eine gute Herrin sein – das weiß ich – und mir eine liebste, geliebteste Frau –«

Ehe sie sich aus ihrer Erstarrung erholen konnte, wurde sie schon von zwei Armen umfangen, zwei Lippen preßten sich auf die ihren in heißem Kuß.

»Hm – und was sagen wir nun, mein trotziges Kind?« lockerte er seine Arme so weit, daß er ihr in das heißerglühte Gesicht sehen konnte. »Immer noch von dem Wahn befangen, daß deine Liebe keine Erfüllung finden kann?«

»Argulf – ich habe – ich bin –«

»Ein stolzes, trotziges, bezauberndes kleines Mädchen. Das weiß ich schon recht lange – seit du aus dem Pensionat nach dem Föhrengrund zurückkehrtest – und zwar zu einer Holdseligkeit erblüht, daß mir das Herz stillstehen wollte in seligem Schreck. Da wußte ich plötzlich, was Liebe ist, die ich tief im Herzen verschließen mußte, weil ich an eine andere Frau gebunden war. Wenn jemals einen Mann die Ehefesseln gedrückt haben, dann war ich es. Daher warf ich sie ab, sobald es sich nur ermöglichen ließ.

Und dann habe ich mit einer zermürbenden Ungeduld darauf gewartet, daß sich dein Herz mir erschließen sollte, und als es soweit war, ließ dein Stolz mich in Ungewißheit weiter darben, du grausame kleine Person. Heute wolltest du sogar vor deinem Herzchen fliehen, das dir keine Ruhe ließ –«

»Woher hast du das erfahren?« fragte sie hastig dazwischen, und er lachte.

»Von Tante Gerta. Sie tat nämlich das Vernünftigste, was sich in dem Fall tun ließ. Eilte zum Föhrengrund und gab uns den Zettel zu lesen, den du ihr hinterließest.«

»Aber Tante Gerta versprach mir doch –«

»Wer wird denn so ein törichtes Versprechen halten. Glaube nur, du böses Kind, es war uns allen eine qualvolle Stunde, bis der Anruf Stefanies uns aus der Qual erlöste.«

»Daher erschienst du auch so unverhofft auf der Bildfläche«, lachte sie hellauf. »Na, so eine kleine Heimtückerin! Ich traf sie nämlich in der Stadt, als –«

»Das erzählst du uns allen zusammen, mein Herzliebelein. Man wird mit Schmerzen unser harren. Wollen wir daher unsere Lieben nicht zu lange warten lassen.«

»Und deine Eltern, Argulf? Ich bin doch nur eine geborene Haiden.«

»Nur –! Mein liebes Kind, was glaubst du wohl, wie meine Eltern es bereut haben, diesem Namen nicht schon vor zwanzig Jahren mehr Beachtung geschenkt zu haben. Du hast dich mit ihm wunderbar durchgesetzt, mein süßes Trotzteufelchen. Mitten in mein Herz und das meiner Eltern hinein. Mir klingt die verächtliche Stimme noch im Ohr, mit der ein stolzes Mädchen an einem Tag im Mai folgende Worte zu einem minderwertigen Menschen sprach: Wir sind zwar Plebejer, meine vornehme Frau Gräfin, aber der Stamm unseres Baumes hat nachweislich gute, gesunde Reiser getragen. Kein einziges so morsches Reis, wie du es bist, trotz deines hochtrabenden Namens.«

»Hast du das etwa auswendig gelernt?« fragte sie lachend.

»O nein, du kleine Spottdrossel. Aber es gibt nun mal Worte, die sich einem förmlich einbrennen in Herz und Hirn. Ich bin damals sehr stolz auf dich gewesen, mein simples Fräulein Haiden – und meine Eltern auch.«

»Das haben sie auch gerade bewiesen.«

»Konnten sie wohl anders handeln, bei so einem stachligen Igelchen. Sie haben sich genug darüber gekränkt, daß das Lindenhaus für dich alles bedeutete – der Föhrengrund nichts.«

»Sei still, Argulf, ich schäm' mich jetzt.«

»Hast du auch nötig. Schau mal die Föhren an, sie stehen zwar nicht mehr unter schneeigem Flaum –

Ach, was war ich an dem Abend für ein Tor. Ich hätte dir nicht den dritten Glühwein anraten sollen, sondern dich in die Arme nehmen und den träumend sprechenden Mund küssen, bis er heißer erglüht wäre als sämtliche Glühweine. Aber nein, da mußte ich dir erst in den Kurort nachtrotten wie Parzival, der tumbe Tor.«

»Hach, du wurdest da doch so umschwärmt.«

»Und warum nahm ich das alles auf mich, hm? Doch nur, um dir nahe zu sein.«

»Wie schön –« legte sie den Hinterkopf an seine Brust und schaute durch das Wagenfenster hinunter auf das blühende Land. Und so verträumt wie am Silvesterabend, sprachen die Lippen auch jetzt:

»Wo die dunklen Föhren steh'n
wo die schmucken Herden geh'n,
da bin ich zu Haus –

O Argulf, wie dankbar bin ich dir, daß du mir eine so wunderschöne Heimat gibst – und daß du mich so unendlich glücklich machst –«

Das letzte klang wie ein glückzitternder Hauch. Er legte seine Hände um ihren Kopf, so behutsam, so zärtlich, als berühre er eine Kostbarkeit. Drehte ihr Gesicht dem seinen zu und sprach mitten in die glückstrahlenden Augen hinein:

»Du willst mir danken, du herzliebstes Kind? Das wäre ja so, als ob die Sonne mir danken sollte, daß sie mich bescheinen darf.«

Er legte ihre Hände auf seine Augen, und sie merkte mit Erschütterung, wie diese feucht wurden. Still legten sie die kurze Strecke bis zum Schloß zurück, beide aufgewühlt bis zum tiefsten Herzensgrund.

Und dann überflutete sie eine Welle von Freude. Frau Beatrice konnte sich gar nicht genug tun, das betörende junge Geschöpf zu liebkosen, und der gestrenge Herr Vormund polterte los:

»Jetzt nehme ich dich aber bei den Öhrchen, du unnützes kleines Balg. Uns so in Angst und Schrecken zu versetzen. Da, geh zu deiner Tante Gerta, die so bitterlich weint, als wäre ihr ein Leid geschehen.«

So wanderte Gundis denn von einem Arm in den andern. Sogar der gute Onkel Alfred war plötzlich aufgetaucht, als hätte er den »Verlobungsbraten« gerochen.

Als sich der Freudensturm gelegt, bat man Stefanie, zu erzählen, wie und wo sie Gundis abgefangen hatte. Die Kleine tat es mit so viel Humor, daß man aus dem Lachen nicht herauskam.

»Also –«, schlug sie sich stolz an die Brust. »Betrachtet mich als Stifterin eures Glücks, ihr beneidenswerten Bewohner vom Föhrengrund. Hätte ich eure ›Sonne‹ nicht aufgestöbert, dann würden hier statt Sonnenschein die Föhren düster trauern. Aber da das Schicksal mich für eine große Aufgabe auserwählte, so setzte es meinen Fuß auch auf die rechte Fährte. Und was erspähte ich da an der Tankstelle? Eure ›Sonne‹, meine Lieben. Momentan jedoch war diese düster umschattet von drohendem Gewölk. Da meine Wenigkeit nicht auf den Kopf gefallen ist, funkte der Verstand sofort: Da stimmt doch etwas nicht. Ich peilte nun vorsichtig die Lage – und siehe da, ich befand mich auf richtigem Gebiet. Knapp waren die Fragen, und knapp erfolgten die Antworten – und plötzlich wurde mir so übel, so schrecklich übel. Ergo: blieb der jungen Gundis nichts anderes übrig, als mich wehleidiges Häufchen Unglück in die Konditorei zu führen und mir zuerst einen ausgewachsenen Kognak einzuflößen. Brrr, schmeckte das Zeug scheußlich, aber was tut man nicht alles, um zwei liebende Herzen nicht brechen zu lassen. Sehr besorgt war meine Samariterin um mich – und zum Dank schlich ich mich an den Fernsprecher und verpetzte sie. Herr Graf flatterten auf Flügeln der Liebe daher – und schon war alles o. k. Ich habe gesprochen.«

Sie war einfach reizend, die Kleine, wie sie so pathetisch Vortrag hielt. Am meisten strahlten die Großeltern über ihre Enkeltochter, an der sie jetzt so große Freude hatten.

»Siehst du, mein Herzblatt, da konntest du bei Gundis wenigstens einen kleinen Dank abstatten für die Mühe, die sie sich damals mit dir Miesepeterchen gab«, sagte Frau Blandine gerührt, und Stefanie hob abwehrend die Hände.

»Muß ich da womöglich der Petra auch noch in die Ehe helfen? Denn sie war ja auch bei meiner Dressur dabei.«

»Das kommt ja gar nicht in Frage!« rief diese in die allgemeine Heiterkeit hinein. »Einen Mann, nein, damit befasse ich mich erst gar nicht. Der will einen dann immer auf Händen tragen, und das ist mir zu unbequem. Ich liebe festen Boden unter den Füßen.«

»Das sind schon Gören«, schmunzelte Graf Konrad. »Was geht es uns doch gut, Beatrice. Sonnenschein im Haus von allen Seiten.«

»Wenn das nur die Föhren vertragen werden«, lachte Gundis, und Tante Gerta tat vorwurfsvoll:

»An die Föhren denkst du, aber an die Linden nicht.«

»Wieso?«

»Nun, dein Lindenhaus. Was soll aus dem werden?«

»Sonderbare Frage. Es bleibt dort alles so wie es jetzt ist. Das Lindenhaus und der Föhrengrund hängen doch so fest zusammen, daß sie einfach unlöslich sind.«

»Und wir?«

»Ihr natürlich auch, Steffielein.«

»Und ich?«

»Du bist sowieso ein altes Inventarstück, Onkel Alfred.«

»Ich möchte hier ein Zimmer haben, das mir allein gehört«, verlangte Petra anspruchsvoll. »Es dürfte kaum leer stehen, weil ich mich so viel wie möglich von der Föhrengrunder ›Sonne‹ bescheinen lassen will. Denn zu viel der Strahlen dürften dem ›Sonnenbesitzer‹ schädlich sein«, blitzte sie den Grafen Argulf an, der heute oft sein herzwarmes Lachen hören ließ.

»O bitte sehr, ich bin nicht abgünstig«, tat er gnädig. »Kommt nur, kommt nur alle, auf daß mein Haus voll werde. Ich bin ein guter Christ und lasse meine ›Sonne‹ scheinen über Gerechte und Ungerechte –«

»Amen –« schloß Stefanie pathetisch und hatte damit das letzte Wort.